ハーレムクエスト
魔王と賢者と戦士とラブ冒険！
みかづき紅月
illustration◎あまかわあきと
美少女文庫
FRANCE SHOIN

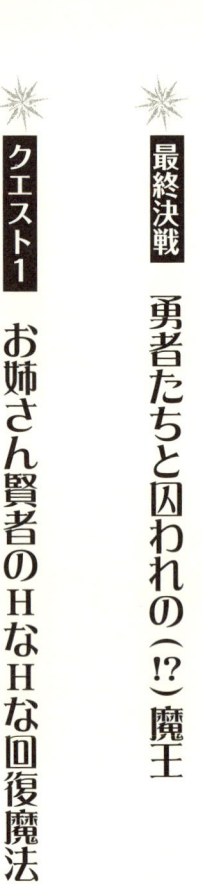

最終決戦　勇者たちと囚われの（!?）魔王

「あれが……魔王？」

勇者ヒイロは、目の前の光景にごくりと生唾を飲みこんだ。

長旅を経て、いよいよ魔王との決着をつける時がやってきた。

ヒイロを始めとする仲間たちは決死の覚悟で、強敵が蠢くラストダンジョンを攻略していき、ついに最奥部へと辿りついた。

ダンジョンの最奥にはきらびやかな玉座があり、そこには世界を恐怖の奈落に突き落とした恐ろしい魔王が待ち構えている――はずだった。

が、しかし、玉座には、魔王……ならぬ、囚われの少女がいた。

それは、真紅の髪に王冠をつけた美しい少女だった。

だが、その髪からは、角が生えている。

少女の姿を目にした瞬間、勇者は大きく目を見開いてよろめいた。

まだ少年の面立ちを残した顔に無邪気な喜色が広がる。

しかし、それは本当にものの数秒のことで、彼はハッと息を呑んだ。

その表情が苦しそうに歪む。

それもまた一瞬のことだったが、彼の仲間たちは、そんな彼の些細な表情の変化にも気づいていて、互いに不安そうに顔を見合わせる。

そして、勇者自身もそのことに気がついていた。

勇者一行に重々しい雰囲気が流れたが、囚われの少女の薔薇の花びらのような唇が解けて、艶めいた甘やかな声が洩れ出てきたことによって、再び空気が一転する。

「っあぁ……う……っく……ン……」

少女は、スライム状の触手で、玉座にM字開脚という恥ずかしい格好で、いやらしく縛められていた。

スライムは、少女の身体中をぬとぬとにして這い回っている。

ドレスは半分以上溶け、ほぼ裸といっても過言ではない。

スライム触手が、少女の胸の膨らみを包みこみ、むにむにと揉みしだいている様子があまりにも刺激的で、ヒイロはまばたきも忘れて、自分が勇者であることすら忘れて見入ってしまう。

桜色の突起はツンと存在を主張していて、今すぐ舐めかじりたい衝動に駆られる。

（……すご……エッチだ……）

粘液にまみれた少女の身体は、燭台の明かりを反射して、鈍い光を放っている。

身体の凸凹が強調されて、いやらしい。

想像だにしなかった淫靡な光景に、全員が言葉を忘れて、その場に呆然と立ち尽くしていた。

と、そのときだった。

「……教育的指導。ヒイロには、まだちょっと刺激が強すぎますわ。いきなり、アブノーマルなのはさすがに問題ですもの。やっぱり最初はソフトに……ノーマルに健全に……」

賢者ラーミスが勇者の背後から両手で目隠しをすると、ドサクサに紛れて彼をぎゅっと抱きしめてくる。

Hカップはありそうな豊満なおっぱいが、もにゅむにゅっとマント越しに背中に押しつけられて、ヒイロの顔が真っ赤になる。

「あ、あの……ラーミス……背中、あたって……」

「あたってるんじゃな・い・の。あ・て・て・ますのよ♥」

「そ、そそ、そんな!?　なな、なんでっ!?」

　ヒイロが困り果てた表情でうわずった声を洩らす様子を、ラーミスは嗜虐を滲ませたまなざしで見つめ、彼の耳元に熱い吐息とともに囁く。

「んー？　回復魔法？」

「そんなエッチな回復魔法、聞いたことないしっ！」

「フフ、では、私が手取り足取り……口にはできないようなモノとり、じっくりねっとり教えてさしあげますわ♪」

「い、いやいやいやっ！　そ、それは……う、うれしいけど……さすがにマズイし」

「フフ、そんなに動揺して。相変わらずヒイロは可愛いですわ♪」

　顔を真っ赤にしたヒイロをラーミスがぎゅううぅうとさらに強く抱きしめる。

「ラーミス、か、からかわないで……」

「どうして？　ヒイロ、気持ちいいのでしょう？」

「それはもうっ！」

「なら、いいじゃない？　私だけを感じて♥」

　意味深な言葉を口ずさみながら、ラーミスは勇者に大胆に迫る。

「って、もうっ！　ラーミス！　こんな場所でイチャイチャしないっ！　ここは魔王城の最深部だって言うのに！　何考えてるのっ!?　不謹慎すぎよ！」

　密着して、何やら妖しげな雰囲気になっているヒイロとラーミスの身体を力任せにひっぺがしたのは、もう一人の仲間、戦士メルだった。

　騎士の家系に生まれ、いずれは彼女も騎士となる身。

それもあってか、彼女はとても生真面目な性格をしている。

　白い鎧に包まれたほっそりとした身体つきとは裏腹に、身の丈ほどもある大剣を軽々と操るメルの怪力には誰もかなわない。

　あっさりヒイロと引き離されたラーミスが、おっとりとした笑顔を浮かべたまま、険悪な舌打ちをした。

　二人の間に目には見えない火花が散り、ヒイロは戦々恐々とする。

「で、えっと……君、だ、大丈夫？」

　ヒイロが目のやり場に困りながらも、玉座にいやらしく縛められている少女へとためらいがちに近づいていった。

「う……あぁ……や……ンぅ……だ、誰っ……だ!?」

　悩ましい声を洩らしながら、少女が薄く目を開いてヒイロを見つめる。

　その蕩けたまなざしで見つめられた瞬間、ヒイロの胸がぎゅっと締めつけられた。

（角とか生えてるし、目も髪も真っ赤だし。別人……なんだろうけど、なんでこんなにそっくりなんだ？）

　とある人物に彼女があまりにも似すぎていて、激しく動揺してしまう。

が、その動揺を必死に押し隠して、ヒイロは言葉を続けた。

「僕はヒイロ。一応、勇者やってて……魔王を倒しにここまできたんだけど……魔王がどこに行ったか、教えてくれない？」

「――っ⁉」

　少女が顔をもたげると、ヒイロをきつい目で睨みつける。

　しかし、ヒイロは彼女の燃えるように真っ赤な目に見とれてしまう。

「勇者……っく、ついにここまで……やって来るとは……あ、ン……」

　忌々しげに何かを言おうとするが、胸にからみついたスライムが、先端突起を執拗にいじってくるため、まともに言葉を紡ぎ出すことができないようだ。

　厳かな口調が台無しにもほどがある。

「うわぁ……だ、大丈夫？」

「う、うるさいうるさいうるさぃ！　『うわぁ』とか言うな！　無礼者っ！　っく、なんで余ともあろう者が、勇者なんかにこんな醜態を晒さねばならぬのだ……おまえたち全員、死刑だ！　死刑っ！　その目、くりぬいてくれるっ！」

　やたら偉そうな態度で毒舌を振るう少女は、涙目になって悔しがっている。

「待ってて。今、助けてあげるから――」

「だが、断るっ！」

「ええええっ!?　なんで？」

「魔王たるもの、勇者ごときに助けられてなるものかっ!?」

「へ？」

少女の言葉に、ヒイロの目が点になる。

一瞬、しんと辺りが奇妙なほど静まり返った。

「つええええええええーっ!?　魔王!?　き、君がっ!?　ウソっ!?」

「なんだ！　その驚きようは！　無礼者っ！　殺すっ！　もう絶対殺す！　死刑だ、死刑っ！　極刑っ！」

顔を真っ赤にして毒舌をふるい放題な少女だが、M字開脚のまま、いやらしい拷問を受けながらでは、まるで迫力がない。

「え……っと、その……どうしよう……」

ヒイロが困り果てたように、仲間の顔を交互に見た。

「どうするも何も、さすがの私も、この状況は想定できませんでしたわ。まさか、魔王がこんなにロリ可愛いだなんて……しかもツンツンだなんて……」

「そこのウシ乳！　ロリ可愛いとか、言うなーっ！」

「そうよ。ラーミス、失礼よ。童顔かもしれないけれど、胸はそこそこほどほどに育ってるわ」

「そこのマッチョ乳！　そこそこほどほどとか言うなーっ！」

まるでボケと突っこみ然とした彼女たちとのやりとりにデジャヴを覚えたヒイロは、思わず吹き出してしまう。

「うぅうぅう、余をバカにするなぁ……ドラドラッ！　殺せっ！」

魔王を名乗った少女が、ヒイロをきつく睨みつけて「ドラドラ」という何かに命じるや否や、首に巻いたファーマフラーが、クワッと口を開いて火を吹いた。

「あちっ!?　ドラゴンッ!?　の赤ちゃんっ!?」

ファーマフラーだと思っていたのは、なんと小さなドラゴンだった。

ヒイロが触ろうと手を伸ばすと、クワッと口を開いていっちょまえに威嚇してくる。

「……うわぁ、こいつカワイイ。チチチ……怖くない、怖くない」

「なんで驚かないっ!?　怖がらないっ!?　赤ちゃんとはいえ、泣く子も黙るドラゴンだぞっ!?　人間なんてまるっとひと呑みだぞ！　もっと怖がれっ！」

「へー、すごいな。ドラドラ、小さいのに偉いんだなー」

目を輝かせてドラゴンに微笑みかけるヒイロに、魔王は唖然とした。

「……変なヤツ。なんだおまえ」

「で、どうしたら僕は君を助けることができるの？」

「っ!?」

ヒイロの言葉に少女の顔が真っ赤に染まる。

「だからっ！　勇者に助けられるなんて、余の魔王としてのプライドが――」

「だけど、僕も困っている女の子を助けないっていうのは、勇者のプライドが許さないんだよね？」

「う……ゆ、勇者のクセに……生意気……」

しばらくの間、視線をさまよわせて、魔王は悩んでいるようだった。

が、背に腹は替えられないと思ったのか、死ぬほど悩んだ挙句、渋面で吐き捨てるように言った。

「……ううう、取引……なら、考えてやらなくも……ない」

「うん、じゃ、それで。取引の内容は？」

「そうだな。余を助けてくれたなら、世界の半分をやろう」

スライムにいやらしくいじめられ、煩悶していた表情がガラリと一転すると、少女の口端に禍々しい笑みが浮かんだ。

「…………っ!?」

勇者一行に緊張が走る。

「どうした？　怖気づいたか？」

「いや……なんか、えらく僕のほうが得する内容だなって……思って」

「何がだ！　余の安全は、世界の半分に匹敵するほど価値があるということに異論があるとでも申すかっ！」

少女がガウッと噛みつくように言うと、ヒイロが顎に手を当て、真顔で考えこむ。

「——ククク……世界の半分なぞ、おまえの手には余るか？　それとも、己の正義にそむくような取引には応じられぬとでも？」

「ううん、半分といってもいろんな半分があるなって思って。どうせなら、女の子だらけの世界半分がいいかなー？」

魔王の挑発にもまったく悪びれることもなく、とんでもないことを口にしたヒイロ。

「っ!?」

勇者のまさかの爆弾発言に、仲間を含めた全員がその場に固まった。

しかし、ヒイロはそんなことにはまったく気づいていない。

「いやー、人生、いつどこで何がどうなるかわからないものだなー。夢がこんなに早くかなうことになるなんて」

「……夢……だと？」

「そう！　僕の夢はハーレムをつくることなんだっ！」

「………………」

勇者の言葉に、魔王は目を見開くと、きょとんとする。

今、自分が何を言われたか、考えが追いつかないようだ。

茫然自失となった魔王の代わりに、怖い笑みを顔に張りつかせたメルが、手をパキパキ鳴らしながら、怒りを押し殺した声で言った。

「ヒイロ、貴方ね……めちゃくちゃ純粋そうな顔して、何、めちゃくちゃエゲつない夢を語ってくれてますの？　いい加減、そういうバカなこと言うのやめなさいって、何度教育的指導をすればいいのかしら？」

「えっと、何か間違ってた？」

「何もかも間違いすぎに決まってるでしょう！」

「そ、そうかな？」

ヒイロが救いを求めるように、戦士と魔王を見た。

「最低ですわ……」

「サイテーだ……」

二人の言葉が重なり合い、ジト目で睨まれ、そこでようやくヒイロは口をつぐんで×の形にする。

が、時すでに遅し。

賢者が、魔王にではなく勇者に向かって杖を構えて、呪文の詠唱を始めた。

戦士が、同じく背中に背負った大剣を鞘から引き抜く。

「わ……ご、ごめん。ラーミス、メル……僕が悪かった……つい口が滑っちゃって」

「「煩悩退散っ！」」

賢者と戦士の声がハモった次の瞬間、二人がヒイロに一斉に襲いかかった。

「うわあぁああああああぁあーっ！」

魔王の間に、魔王ではなく勇者の断末魔の悲鳴が響き渡る。

しかも、まさかの同士討ちによって。

「…………」

茫然自失となった魔王は、あまりのひどい展開に言葉を失って目を剥くのみ。

勇者と魔王の出会いは、あまりにも意外かつ最低最悪にもほどがあった。

STOP!
ズン ズン

魔王

本当の名前は秘密だぞ

職業：魔王　→　はぐれ魔王
魔力：超スゴイぞ！
体力：超絶スゴイぞ！
知力：アホ可愛い言うヤツは死刑ッ！
装備：超ゴージャスドレス
Cブラジャー（Cはクールの C！　けしてカップなどではないぞっ！）
ドラドラ

クエスト1　お姉さん賢者のHなHな回復魔法

「もう……ヒイロが簡単に人助けなんかするから。しかも、自称とはいえ魔王を名乗るいわくありげな女の子とか……。あの子、どうするの？　魔王城を出てから、ずっとあたしたちについてきてるよね？」

　メルが、焚き火の傍で、木の枝に生地を巻きつけたパンを焼きつつ、コボル鳥の腿肉をあぶりながら、チラリと背後を窺った。

　しげみの辺りが不自然にわさわさと揺れるのを見て、やっぱりっと肩を竦める。

「別に僕は構わないけどなー？　細かいことは気にしないし。第一、ドラドラもあの子もカワイイし」

　ドサクサに紛れてつまみ食いをしようとしたヒイロの手をぴしゃりと叩くと、メルはむぅっと唇を尖らせ、深いため息をついた。

「まったく、ヒイロはいっつもそうなんだから。困っている人を見たら、首を突っこんで助けずにはいられない。だけど、それで、何度トラブルに巻きこまれてきたか、覚えてる？」

「メルは、パンを焼いた回数を覚えてる？」

「う、覚えてないけど……っていうか、そもそも記憶とか苦手なほうだし……身体を動かすのは得意なんだけど、頭を動かすのは苦手っていうか……」

「それと同じなんだよ。勇者って、そういうモンだから、仕方ないと思うんだ」

「って、そういうの、自分で言わないっ！」

メルがヒイロの頬をうにーっと引っ張ると、甘く睨みつける。

「それにしても、あの子、一体何者なのかしら？」

分厚い本に目を落としていたラーミスが顔を上げると本を閉じた。

てっきり、賢者のことだから、魔法書や哲学など、小難しい本を読んでいるのだろうと思いきや、背表紙には「年下カレシをメロメロにする一〇八の方法」とあり、ヒイロは身の危険を感じた。

が、ここで突っこむのはヤブヘビなので見て見ぬフリをする。

「彼女、本物の魔王に幽閉されていたと考えるのが自然なのでしょうけど、それにしたって一体、何のために幽閉されていたのかしら？」

「さあ、って、あの子が魔王じゃないのっ⁉」

「まさか、メル、あの子の言うことを鵜呑みにしてましたの？」

「や！　だ、だって！　ひょっとしたらひょっとするかもって。べ、別に、全部を信じてるわけじゃないけど。ほら、王冠つけてたし……赤ちゃんドラゴンをマフラーにするとか、なんだか魔王っぽいなーって……」

「黒幕は他にいると考えたほうが妥当ですわ。私の見立てだと、彼女は、せいぜい魔王にあこがれているエセ魔王といったところじゃないかしら？」

「なるほどー、やっぱり賢者って頭いいっ！」

「メルの脳ミソが筋肉すぎるだけ。親友として忠告するけど、いい加減そちらもトレーニングしたほうがいいですわよ？　騎士には頭脳も必要になってくるもの。メインの職場となる王宮なんて、権謀術数渦巻くドロドロの世界なんだから。頭が弱いと、いくら功績を挙げたとしても、他に横取りされておしまいですわ」

「うぅう……あたし、そういうのよくわからなくて……とりあえず、腕っ節が強ければいいって思ってた……」

「わからないんじゃないの。知ろうとしていないだけ。他人が面倒がるようなことこそ、面倒がらずに知ろうとしないと。搾取される側になってしまいますわよ」

　ラーミスの理知的かつ冷静な突っこみに、メルが肩を落とす。

「――で、ヒイロ、あの子、どうするつもりですの？」

「ううーん……特に害があるワケでもないし、このままでいいと思うんだけどなあ」

ヒイロが剣を鞘から抜くと、手入れをするフリを装って、刀身を鏡代わりに使い、背後の茂みを確認する。

するると、例の少女が、そーっと茂みの中から顔を出し、ヒイロたちのほうをじーっと窺っているのが見てとれた。

本人はおそらく自分の尾行は完璧でバレていないと思っているのだろう。

彼女のドヤ顔に、ヒイロは必死に笑いを嚙み殺す。

「……魔王もどきが、仲間になりたそうにこちらを見ている……しかもドヤ顔で。あれ、絶対に尾行、こっちにバレてないつもりだよね……」

「もう、ヒイロったら。笑ったら悪いですわよ。フフッ」

「って！　言っておくけど、あたしは反対だからっ！　勇者一行に魔王もどきが加わるなんて、おかしいし！　正義の味方が悪の手先とつるむなんて、駄目、絶対だし！」

「ははは、メルは、そういうとこは結構厳しいよね」

「あたしは、筋が通らないこと、曲がったこと、間違ったことが嫌いなだけよっ！　白黒つかないことは嫌なの！」

「あらあら、世界のほとんどは白黒つかないグレーなことばかりですのに。でも、私、メルのそういうトコ、嫌いじゃありませんわよ」

「ううぅうう……こ、子供扱いしないでっ！」

ラーミスに頭を撫でられ、メルはムキになってその手を振り払う。

と、そのときだった。

茂みから立ち上がった魔王が、フラフラッとおぼつかない足取りで、数歩前に歩いたかと思うと、盛大にこけた。

「っ!?」

ヒイロが慌てて剣を鞘にしまうと、その場に突っ伏した魔王へと駆け寄った。

「だ、大丈夫？」

「……っ!?」

ヒイロが魔王の身体を抱きかかえた。

魔王が薄く目を開くと、あからさまに「しまった、尾行がバレた！」という顔をして、気まずそうに視線をさまよわせる。

「どこか身体の具合が悪いの？　なんか顔色悪いけど」

「そ、そういうのじゃない……放っておけ……ただの通りすがりだ！　断じて、貴様たちを尾《つ》けていたとかそういうんじゃ……」

焦りまくる魔王が、自ら墓穴を掘る。

が、勇者はその墓穴には気づかず、魔王にマジレスする。

「そういうワケにはいかないよ！　どこか悪いんだったら賢者に回復魔法をかけてもらうし。簡単な回復魔法なら僕だって使えるし！」

「…………」

真剣な表情で自分の顔を覗きこんでくるヒイロに、魔王は顔をくしゃと歪めた。

「な、なんで、そんなに必死なのだ!?　余は魔王で……勇者、おまえの敵なのだぞ？」

「前にも言ったけど、困っている人を前にして、敵とか味方とか関係ないから」

「……本気でそんなキレイごとを言っているのか!?　耳ざわりのいい言葉を操るヤツは信用ならぬ……反吐が出る！」

魔王がヒイロの腕から逃れようとしたそのときだった。

ぐ、ぐ、ぐぐぐううううーっという世にもマヌケな音が辺りに響いた。

「あっ……」

魔王の顔が、耳まで真っ赤になる。

「ち、違っ、今の、これはなんでもないのだっ！　ドラドラが……たまに変な声で鳴くのであって、けして余のお腹の音などではなくてっ！」

慌てふためいて、必死に弁解する魔王だが、やはり墓穴を掘りまくっている。

が、ヒイロはまったく気にしていない。

「なんだ。お腹が空いてるなら、早く言えばいいのに。ちょうど今からごはんだし、一緒に食べよう。メルの料理、おいしいんだ。いいよね？　メル？」

「…………」

メルとラーミスは、勇者と魔王の突っこみ不在のやりとりに突っこみをいれるべきか、いれざるべきか激しく迷いつつ、顔を見合わせる。

「……まあ……別に。ごはんくらいなら……いいけど……っていうか、そんな捨て猫拾ってきた子みたいな目で見られたら、ノーって言えるわけないし……っていうか、むしろ、何度拾ったら気が済むのっていう……」

料理担当のメルが憮然とした表情で渋々了承する。

「誰が捨て猫だっ！　殺すぞっ！」

「そうですわね。このまま行き倒れられても夢見が悪いでしょうし。魔王について、もうちょっと詳しい話も聞いてみたいと思っていたところですし。よいのでは？」

「やった！　ありがとう、ラーミス、メル！　大好きだ！」

パァッと顔を輝かせた勇者の笑顔に、ラーミスとメルの表情が緩む。

「もう、仕方ないなぁー」

「まったく仕方ありませんわね……」

ラーミスとメルの言葉がハモり、二人は互いに苦笑し合った。

勇者には甘い、否、甘すぎにもほどがある賢者と戦士だった。

「……むぐもぐ……なかなかにして……まあまあ……だな。おかわり！」

「……はいはい。しかし、ホントに素直じゃないんだから。おいしいならおいしいって言えばいいのに。天邪鬼すぎ」

見ているほうが気持ちよくなるほどの魔王の食べっぷりのよさに、メルもまんざらでもないようで、鼻歌を口ずさみながら、魔王の目の前にコボル鳥の焼きたて骨付き腿肉を差し出してやる。

すると、魔王は、真剣な表情で腿肉にがぶっとかぶりつく。

口元からジューシーな肉汁がしたたり落ち、ドラドラがそれを器用にキャッチする。

「すごいなあ。男の僕でも一本食べたらお腹いっぱいなのに」

「ヒイロは男のくせに小食すぎなだけよ。よし！　あたしも負けないっ！」

なぜか魔王に闘争心を燃やしたメルが、食べかけの骨付き腿肉にかぶりつく。

結局、棍棒ほどの太さがある骨付き腿肉を五本も完食すると、魔王はふはーっと満足そうなため息をついた。

「う……このあたしが負けるなんて……」

お腹を押さえて苦しそうに呻くメルに、魔王はしてやったりというドヤ顔をキメる。

ドラドラが、魔王の首から離れ、いっちょ前に大きな骨にガジガジとかじりついている様子を、ヒイロは飽きることなく眺めている。

「おー、こいつ骨とかも食べるんだ。カワイイなあ……」

「ドラゴンは雑食だからな。なんでも食べるぞ。試しに指の一、二本与えてみるか？」

「う、そ、それは遠慮しとく……」

苦笑するヒイロに、魔王はべーと舌を出してくる。

そんな魔王に、ヒイロはふっと真顔になり、遠い目をした。

「な、なんだ？　いきなりたそがれるなっ！」

「あ、ご、ごめん。ちょっと君が、僕の相方に似てたもんで。そういえば、まだ名前聞いてなかったっけ？」

「うむ、苦しゅうない。魔王様と呼ぶことを許してやる」

「いや、それすごく呼びづらいから」

「……変なヤツ」

「どっちがだよ」

「余の名を尋ねてくるヤツなんて、今までいなかったぞ？」

「親は？」

「親？　なんだそれは？　うまいのか？」

「……食べ物じゃなくて……その……」

魔王との会話がかみ合わず、ヒイロはなんと言ったらいいかわからなくなる。

いれたてのコーヒーを差し出しながら、ラーミスがヒイロをフォローした。

「どうやら、貴女は随分と特殊な環境で育ってきましたのね。で、いつから魔王に？」

「んー、気がついたら、いつの間にか？　そんなこと、考えたこともなかった。おまえたち愚民は、よくそんなしょーもないこといちいち覚えていられるなー」

「……貴女を拘束したのは誰ですの？」

「知らない。拘束されたときのことはあまりよく覚えておらぬのだ。ただ、黒装束の男を見たような気がするが……うーむ……細かいことをあれこれ考えるのは苦手なのだ」

「うんうん！　それはすごくよくわかる！」

眉をハの字にして呻く魔王の言葉に全力で同意するメルに、ヒイロとラーミスは生ぬるい微笑みを浮かべた。

「……とりあえず、その誰かが、真打ちってところかしら。つまりは本物の魔王」

「だからっ！　余が本物だと、何度も言っているだろう！」

ムキになって声を荒げる魔王に、メルもヒイロたちに加わって、フッとぬるい微笑みを浮かべて肩を竦める。

「まったく……失敬だぞ。おまえら、不敬罪で全員殺す……死刑だ、死刑！」

憤った魔王がコーヒーの入ったマグカップに口をつけた。

が、次の瞬間、めちゃくちゃ渋い顔をして、舌をだらりと垂らす。

「熱っ、苦っ！　なんだこれは！　こんなモノが飲めるかっ！」

「ああ、ごめんなさい。猫舌おこさまだったのね。砂糖とミルクをたっぷり入れたら、大丈夫だから……」

魔王のカップを受け取ると、ラーミスが魔王のためにカフェオレをつくってやる。

ふーふーっと何度も冷ましてから、カフェオレに口をつけると、魔王は目をまんまるにして歓声を上げた。

「おおっ！　これはおいしいっ！　褒めてつかわす！」

「はいはい、光栄ですわ。魔王様」

ラーミスが笑いを噛み殺しながら、魔王にウインクしてみせると、魔王は「うむうむ」と偉そうに何度も頷きながらカフェオレをちびりちびりと飲む。

そんな様子をヒイロは、まったりとくつろいだ表情で眺めていた。

焚き火を囲んで、仲間たちと一緒にごはんを食べ、のんびりと語り合うのは、ヒイロが何よりも好きなひとときだった。

魔物たちと激しい戦いを繰り広げているときとは違って、時間がゆっくりと穏やかに流れていくような気がする。

特に、今日は、昔なじみによく似た少女が加わっているせいか、いつも以上に時間がまったりと過ぎていくようだ。

「どうしましたの？　ヒイロ。なんだかいつにも増して幸せそうだけど」

「あ、うん……ちょっと昔を思い出して。なんだか懐かしいなぁって」

メルが、コーヒーにマシュマロを入れるのを見て、「なんだその得体の知れない白くて丸くてふわふわのヤツはっ！　けしからんっ！　余が倒してくれるっ！」とくってかかる魔王の姿にヒイロは目を細める。

その横で、ラーミスがしんみりとした口調で同意を示した。

「……確かに……あの子、本当に貴方の相方にそっくりですものね……」

「うん、正直、びっくりしたな。でも、髪とか目の色は全然違うし、ルーには角だって生えてなかったし。あの子は、ルーじゃないってちゃんとわかってるから、大丈夫だよ」

「……ウソ」

「え？」

「お姉さんの目をごまかそうと思っても無駄ですわよ？」

「……ラーミス？　別にごまかしているつもりじゃ……」

ヒイロの唇にラーミスの人差し指がそっと押し当てられ、ヒイロは口をつぐんだ。

ラーミスのミステリアスな瞳が、焚き火を映し、妖艶な煌めきを放っている。

「ヒイロ、貴方はいつもそう。自分すらだましているのに、それに気づいていないだけ。いつでも他を優先させて、自分のことは後回し。それは、一見、とってもすばらしいことのようにも思えるけど、実は自分や貴方を大切に思っている人たちをないがしろにしていることですのよ？」

「どういう……意味？」

「本当は大丈夫じゃないのに、大丈夫って自分をだましていますの」

「そうなのかなー？　そんなつもりじゃないんだけど……」

「相変わらず自分のことには、鈍いんですのね。まあ、そんなヒイロも大好きだけど……お姉さんは心配でもありますわ」

ラーミスがヒイロの頬を優しく撫でながら言った。

「ヒイロ、貴方は生まれながらにして、勇者としての特質を持っていますわ。でも、それは諸刃の剣。使い方を誤れば、または心ない人物に悪用されてしまえば、自分も周囲も滅ぼしてしまいますの」

「……僕のことはともかくとして、ラーミスたちに迷惑かけるのは嫌だな。それは、ものすごく嫌だ」

「矛盾しているように聞こえるかもしれないけれど、私たちを悲しませたくないなら、私たちにもっと迷惑かけて。私たちをもっと頼って。取り返しのつかないことになる前に」

「ううーん、これでもかなり頼ってるつもりなんだけどなあ。足りないかな？」

「ええ、いつもヒイロは、自分一人で頑張りすぎなんですもの」

拗ねたように唇を尖らせると、ラーミスは四つんばいになり、雌豹のような姿勢でヒイロへと迫ってくる。

「っ!?」

大きなおっぱいが、たゆんっと重たげに揺れ、ヒイロを誘う。

深い谷間、柔らかそうに揺れるおっぱいに、ヒイロの目は釘付けになる。

直視してはいけない気がして、ヒイロは視線をあちこちに散らすものの、Hカップのおっぱいの誘惑にはとても抗えない。

大人っぽい黒いブラジャーを縁取るレースと、華奢な肩からずり落ちそうなブラ紐も気になって仕方がない。

「どうしましたの？　ヒイロ、何をそんなにキョドってるの？」

「べ、べ、別に……キョキョキョキョ、キョドってなんか……」

「可愛いですわね……別に遠慮しなくたって、見たいなら見ていいし、触りたいなら触っていいんですのよ。だって、私たち、仲間でしょう？」

「いやっ！　な、仲間だからこそ、こういうのはまずいっていうか……」

「どうして？　スキンシップは、コミュニケーションをとるのに最適ですのよ？」

ラーミスがヒイロの手をとると、自分の胸へと導いた。

想像以上に、しっとりもっちりとした柔らかな感触が手の平に押しつけられ、ヒイロはその場に固まってしまう。

（すご……エッチだ……なんだこれ!?）

初めて触るおっぱいの信じがたいほどの柔らかさに感動してしまう。

頭が真っ白になって、思わず力んでしまうと、指が柔肉に簡単に食いこんだ。

「っつ……ン……」

一瞬、顔をしかめたラーミスの唇から艶やかな声が洩れ出て、それを耳にした瞬間、ヒイロの全身から変な汗が吹き出す。

「ご、ごご、ごめん……」

「なぜ謝るの？　いいのよ、好きにして」

「そ、そ、そういうワケには……みんなだっているんだし……」

ヒイロが、マシュマロを取り合って、わーわー取っ組み合いを始めたメルと魔王のほうをちらりと見ると、ラーミスが「あら、そんなこと♥　瑣末な問題ですわ♪」と、杖を構えて呪文を唱え始めた。

「――我が名はラーミス。万物の精霊、とこしえの契約により、魔の理《ことわり》をもって命ず。極大睡眠魔法《ギガスリープ》」

　杖が淡く瞬くと同時に、今まで暴れていたメルと魔王が、いきなり電池が切れたかのように、直立不動のままその場にバタリと倒れた。

　ラーミスが味方に向かって、情け容赦なく集団睡眠魔法をかけたのだ。

　しかも、魔法をかけられたら、即昏倒してしまうというとびっくり強烈なヤツを。

　さっきまで騒がしかったのがウソのように辺りがしんと静まり返る。

「これでよいかしら？」

「え、えっと……その……」

「何を恥ずかしがっていますの？　恥ずかしがれば恥ずかしがるほど……もっともっとお姉さん、いじめたくなってしまいますわ」

　妖艶に微笑むと、ラーミスが唇をちろりと舐めた。

　その仕草に、ヒイロの雄が反応してしまう。

「いやいやいや、な、なんで、こんなこといきなり。だ、駄目だって……」

「勇者の夢はハーレムなんでしょう？　この程度でびっくりしていては駄目でしょ？

もっと免疫つけていかないと」

「ううう、そ、それはそうかもだけど……」

「免疫をつけるトレーニングになら、いくらでも付き合いますわ。最終ダンジョンをとりあえずはクリアしたご褒美に、今日は特別な回復魔法をかけてあげますわ」

　特別な回復魔法――どことなく淫靡な感じの言葉に、ヒイロは息を呑んだ。

　あれこれ妄想が加速し、頭がパンクしそうになる。

「で、でも、本物の魔王は別にいて……最終だと思っていたダンジョンだって、最終じゃなくなったっぽいし……まだまだ旅は続きそうだし……ご、ご褒美なんて早っ。ン!?」

　上ずった声で最後の抵抗を試みるも、言葉半ばで唇をふさがれ、ヒイロは大きく目を見開いた。

　ラーミスの整った顔がすぐそこにあった。

　柔らかで滑らかな感触が唇にあり、続けてぬるっとした滑らかなものが口中へと侵入してきた。

「ン……っふ……ちゅ……んん……んむ……っふ……はぁ……」

　鼻から抜けるような悩ましい声を紡ぎながら、ラーミスはヒイロの口の中で舌をくねらせ、熱をこめて絡ませていく。

頭のてっぺんが蕩けそうな快感をいきなり与えられ、気がつけばヒイロも無我夢中でラーミスの舌に応じていた。

舌先で歯列をくすぐったかと思うと、いきなり舌を深く差し挿れ、ねちっこく舌を回転させる。

思いもよらなかった勇者の反撃に、ラーミスの柳眉が切なげにさがる。

（これ……まずい。頭が混乱して、ワケわからなくなって……）

魅了《チャーム》の魔法か混乱《コンフュージュ》の魔法でも、かけられたのだろうか？

ヒイロの理性は、瞬く間に巧みなディープキスに溶かされてしまう。

「はぁはぁ……うぅ……」

舌を甘く吸い上げながら、ヒイロは衝動的に彼女の胸を鷲づかみにした。

もうワケもわからず、手の平に吸いついてくるような弾力たっぷりのおっぱいを無我夢中で揉みしだいてしまう。

「あっ……ンッ……ヒイロ……も、もっと……優しくっ」

打って変わって激しく責めてくるヒイロに驚いたラーミスが唇を離した。

二人の唇の間を銀糸がアーチをえがく。

Hカップの巨乳をヒイロに突き出す格好となってしまって、ヒイロはさらに彼女のおっぱいを揉みくしゃにする。

「ああっ、だ、駄目……い、痛……駄目よ。ヒイロ、もっと丁寧に……して」

「ご、ごめ……わからなくて……つい」

ラーミスの言葉に我に返ると、ヒイロはおっぱいから名残《なごり》惜しそうに手を離し、叱られた子犬のように小さくなった。

しかし、その目には爛々と本能が燃え上がっていて、ラーミスの胸が高鳴る。

「大丈夫……ちゃんとお姉さんが教えてあげますわ」

緊張に上ずった声で言うと、ラーミスがヒイロの頭を胸元へと抱き寄せた。

もっちりしたおっぱいを頬に感じ、ヒイロは感嘆のため息をつく。

「あまり力を入れすぎないように……手の平で胸を撫でるように……してみて」

ラーミスが恥ずかしそうにヒイロの耳元に囁いた。

「……こ、こう?」

教えられたとおりに、ヒイロはぎこちない手つきでおっぱいを撫でてみた。

「あ……そ、そう……ぞわぞわ……いい感じ……あ、あぁっ!?」

ぴくっと身体を甘く痙攣させると、ラーミスがうっとりとした声で喘ぐ。

その反応に触発されたヒイロは、ラーミスの反応を確かめつつ、恐るおそる丘に舌を這わしてみた。

「っ!? ンッ……あ、く、くすぐった……いわ……上手……ンンッ、ああぁ……」

ラーミスに褒められてうれしくなったヒイロは、彼女の柔らかなおっぱいを夢中になって舐め始めた。

唾液をあますところなく全体に塗り広げられ、ラーミスのおっぱいが鈍い光を放つ。

「あぁ……すご……い。どうして……こんなの、どこで習いましたの？」

「誰にも習ってないけど、ラーミスが気持ちよさそうだから、もっともっと気持ちよくしてあげられたらって……思っただけで……」

そう言うと、ヒイロはラーミスの胸の先端を口に含んだ。

「あぁああっ!?　やっ！　それ……あぁンっ!?　あ、あぁっ」

一際、鋭い反応を見せると、ラーミスがたまらないといった風にヒイロの顔を力いっぱい掻き抱く。

おっぱいを顔に押しつけられ、息苦しそうに顔をしかめたヒイロだが、ラーミスの乱れように触発され、こりっとしたしこりを吸ってみる。

「な、何それ……やっ!?　あぁ……ンッ……駄目ぇ……ヒイロ……」

嬌声を上げながら、ラーミスがヒイロの舌に翻弄され、淫らに身悶える。

「ごめ……痛かった？　やめたほうがいい？」

ラーミスの言葉を鵜呑みにしたヒイロが、いったん乳首から唇を離すと、ラーミスは首を左右に振り立てながら、ヒイロの頭を胸に押しつける。

「ち、違うの……こういうときの女性の『駄目』っていうのは、いいってことなの」

「……そ、そうなんだ？」

胸を力いっぱい揉みしだいたときの『駄目』と、どう違うのかわからず、ヒイロは混乱してしまう。

「えっと……それじゃ……続けたほうが……いいのかな？」

「……う、ん……やめ……ないで……」

耳まで真っ赤になって、恥ずかしそうにHなおねだりをしてきたラーミスにヒイロの欲望が煽られる。

もっともっと気持ちよくなってほしい。

いつもの理知的な顔を、トロトロに蕩けさせたい。

そんな気持ちに駆られ、ヒイロは再びラーミスの胸を舐めかじり始めた。

「ふっ!?　あぁっ!?　ン……舌……すご……い。ヒイロ……エッチ……」

ラーミスは、熱心に胸をいじめてくるヒイロの舌に翻弄され、だんだんと甘い声を我慢できなくなっていた。

（あまり大きな声を出したら、魔法が解けてしまいますのに……）

ヒイロの頭の向こう側、地面に伏せたままのメルと魔王に気づかれてしまわないかと、気が気ではない。

とても初めてとは思えない、ねちっこい愛撫に身体の奥が熱く火照ってしまう。

やがて、ヒイロが乳首に軽く歯を立て、小刻みに舌を振動し始めた。

「あぁっ!? や、やぁ……な、何……それ……や、おか、しくなって……ンンッ!?」

乳首に電流が走り、その電流が脊髄を駆け抜けていく。

最初こそ、余裕ぶっていたラーミスの表情が切羽詰まったものへと一転した。

「ラーミス……そんな声出したら……止まらなくなる……」

困り果てた声を洩らすと、ヒイロはラーミスの乳房を中央に寄せるように鷲づかみにして、二つの乳首を同時に舐めかじり始める。

「あぁぁああっ!? りょ、両方!? やぁ……ンンンッ!?」

感度の塊を一度に刺激され、ラーミスは甘い悲鳴を洩らすと、反射的にヒイロから逃れようと身体をのけぞらした。

しかし、ヒイロは乳首を甘噛みしたまま離さない。

結果、乳房を引っ張る形となってしまい、いやらしく伸びた自身のおっぱいを見つめながら、ラーミスは全身を戦慄させつつ、激しく達してしまう。

「はぁはぁ……あぁ……」

切ない吐息を弾ませながら、がくりとうなだれ、全身を弛緩させたラーミスをヒイロが心配そうに見つめた。

「あの、ラーミス？　大丈夫？」

「ん……大丈夫……でも、ちょっと意外っていうか……まさか、リードするつもりがリードされてしまうなんて……」

　歯形と唾液の跡が生々しくついたおっぱいを上下させながら、ラーミスが悔しそうに呟いた。

「ヒイロってそういうこと何にも知らなさそうなのに……イケナイ子ですわね……」

　ラーミスに上目遣いにたしなめられ、ヒイロは褒められているのか、叱られているのかわからず、気恥ずかしさをごまかすように頭を掻く。

「特別な回復魔法をかけてあげるって言いながら……まさか反撃されてしまうなんて。思ってもみませんでしたわ」

　ラーミスがヒイロの股間へと手を伸ばしてきたかと思うと、恐るおそる彼の硬さへと触れてきた。

「っ!?　ラーミス!?　な、何を……」

「私は、同じ説明を二度も繰り返さない主義ですの。そんなことは、愚か者のすることですもの」

　いかにも賢者らしい言葉を澄ました表情で言うものの、やっていることはそのイメージとはあまりにもかけ離れたことだった。

そのギャップに刺激されたヒイロの雄がラーミスの手の中で跳ねた。

「っきゃ……ヒイロの……って、その……げ、元気がよすぎですのね……」

「ううう……な、なんだか……ものすごくごめん……」

「あら、元気なことはよいこと……でしょう?」

一度は驚いて手を離してしまったものの、ラーミスが再び意を決して、ヒイロのペニスへと触ってきた。

(特別な……回復魔法って……まさか……やっぱりそういう意味……なのかな?)

ヒイロの胸が、期待と不安とにぎゅっと締めつけられる。

「ああ……また……びくびくってなって。これって生き物みたいに動くものなんですのね」

ラーミスが手を筒状にすると、ぎこちない手つきでヒイロのペニスをこすり始める。

「うっ!? あ、あぁ……ラーミス……駄目……だって……」

前かがみになったヒイロが、ラーミスの手を阻もうとする。

が、彼女の柔らかな手で肉幹をこすられるたびに、腰にぞわっとする快感が走って、手に力が入らない。

「……どんどん大きく硬くなって……あぁ、こんなになる……なんて……」

童顔とは裏腹に足の付け根から立派に聳《そび》え立った屹立に、ラーミスは戸惑っていた。

それはあまりにも太く硬く——とても少年のモノとは思えない。

（どうしよう……まさか、こんなに大きいなんて……）

胸がトクトクと早い鼓動を刻み始め、動悸のあまり顔をしかめる。

怖いと思う半面、期待もしてしまう。

「あぁ……ラーミス……うぅ……」

ヒイロが、切羽詰まった表情でラーミスをすがるように見つめた。

その目に母性を刺激されたラーミスは、極力、平静を装って、ヒイロのズボンと下着とをずらしていく。

幼い顔つきとは、似ても似つかない巨根が勢いよく外へと飛び出してきた。

ヒイロが慌てて、両手で股間を隠す。

「やっ!?　あ、あぁ……見ないで……ラーミス……」

羞恥を滲ませたヒイロの声がラーミスの嗜虐心に火をつけた。

「どうしてですの？　仲間の間に隠し事はいけませんわ。ヒイロのすべてを私にきちんと見せて」

「で、でも、こんなの……恥ずかしすぎるし……」

「恥ずかしがるヒイロも……いいですわね。いじめたくなりますわ……」

歌うように言うと、ラーミスがヒイロの股間へと顔を近づけていった。

「ほら、見てますわよ……ヒイロの……逞しいの……」

「や、やだ……ラーミス……言わないで……」

「まだ若いのに、こんなところにこんなにも立派な剣を隠し持っているなんて……イケナイ子」

ラーミスの熱い吐息が先端に触れていて、ヒイロは緊張に身体をこわばらせた。

下半身に力が入ってしまい、肉棒がラーミスの頬を軽く叩く。

「っきゃ……」

「ご、ご、ごめん！」

ラーミスの美しい顔になめくじが這ったようないやらしい痕が残り、それを見たヒイロは強い罪悪感に駆られる。

「構いませんわ――」

とろんとした表情で言うと、ラーミスは上目づかいにヒイロの困り果てた顔を見ながら肉筒へと舌を這わせてきた。

「う、あぁっ!?」

たまらず、ヒイロが声を上げると、ラーミスはうれしそうに目を細め、肉幹全体に舌を絡ませていく。

（ラーミスが、ぼ、僕のを……舐めてる!?）

信じれないような状況に頭が沸騰し、ヒイロは何も考えられなくなる。

「く、うぅう……そ、そんな、き、汚い……トコ……舐めちゃ……」

「ちゅ……ン……やめたほうがいいですの？」

「い、いやっ!? や、やめないで！」

ヒイロは、いったん舌を離そうとしたラーミスの頭を無我夢中で力いっぱい押さえこんでしまう。

「んっ!? ンむっ!?」

いきなり、唇の中にペニスを突き立てられ、ラーミスはくぐもった声を洩らした。

さすがに、皮が捲れてぬめついた肉色の部分を口に含むのは抵抗があったが、否応なしに口中にねじこまれた途端、胸が妖しく昂ぶる。

「ン……ンっ……っふ……んむっ……ちゅ……」

先走りの苦味を感じながら、ラーミスは頭を上下に動かしつつ、ヒイロのペニスに唇奉仕を開始した。

ヒイロは、口紅をきれいに引いた唇を出入りする半身から目が離せなくなる。

（僕のが……ラーミスの口の中に。舌、柔らかすぎ……めちゃくちゃエッチだ）

とんでもないことをしている、今すぐやめねばと思うのに、無意識のうちに腰が上下に揺れだしてしまう。

口いっぱいにはちきれんばかりのペニスに喉の奥を突かれるたび、ラーミスはえずいてしまうが、苦しければ苦しいほど、ヒイロに奉仕しているという実感が強まり、さらに熱心に舌を絡ませ、肉棒をじゅるりと吸い上げる。

「うぁっ!?　すご……ラーミス……あぁ、それ……ヤバ……すぎ……」

ラーミスの形のよい頬がへこんだり、いびつに歪んだりを繰り返す。

口紅が滲み、淫靡な雰囲気がいっそう際立つ。

泡立った唾液が肉茎を伝わり落ちていき、ヒイロの叢を濡らしていく。

じゅくちゅぶっといった湿ったいやらしい音が、焚き火の乾いた音に混ざる。

「……もっともっと……回復してあげますわ……」

いたずらっぽい微笑みを浮かべたラーミスが、重たげなおっぱいを両手で持ち上げたかと思うと、ヒイロの半身を挟んできた。

「うぁっ!?　や、柔っ……あぁ、うぁあ……はぁ……」

口の粘膜に包みこまれる感覚とはまた違ったもっちりとした優しい弾力に敏感な肉棒を包みこまれ、ヒイロは熱いため息をついてしまう。

真っ白な胸の谷間から突き出た生々しい肉色の亀頭につぅっと唾液を伝わらせると、ラーミスは自身の胸をこね回すようにして、パイズリを開始した。

湿った柔肉に擦られるたび、ヒイロの下腹部の奥が熱く疼く。

形を変え続けるおっぱいもいやらしすぎて、ヒイロの興奮はますます昂ぶる。

「う、く……あぁ……ラーミス……こんなの……エッチすぎ……」

「……ヒイロのせいですわ。だって、年下のくせに、あんなに胸をいじめてくるんですもの。火がつかないってほうが無理がありますわ……」

パイズリをしながら、ラーミスが鈴口に舌を這わせてきた。

かと思うと、先端を口に含み、飴玉でもしゃぶるようにもごもごと口を動かす。

「ああっ、そ、んな……ことまで……」

何度も何度も、ヒイロは腰が浮くような快感を覚える。

が、射精するには、ギリギリ刺激が足りず、焦らされる。

（あぁああ、もう、駄目だ……これ以上……我慢できない……）

「ご、ごめん。ラーミス！　ごめん！」

絞り出すような声でラーミスに謝るや否や、ヒイロは彼女の頭を摑んで、思いっきり強く腰を跳ね上げた。

「んぐっ!?　ンンンンッ!?　ンッ……う、っうぁ」

いきなり限界まで張り詰めたペニスに喉奥を力任せに突かれ、ラーミスは苦悶のあまり顔をくしゃくしゃにしてえずく。

しかし、ヒイロは止まらない。

「ごめ……ホントごめん……あぁぁああああぁ……」

理性が瓦解し、ヒイロは何度も何度も腰を雄々しく跳ね上げてしまう。

イラマチオに歪むラーミスの表情がたまらなくいやらしくて、もっともっとめちゃくちゃにしたいという欲望のあまり、腰が止まらなくなってしまう。

「あぁぁああああ！　ごめっ！　も、もう射精《で》ちゃうっ！」

やがて、限界を察したヒイロが、口の中に射精するのはさすがにまずいと思い、必死の形相で腰を引いた。

ぬぷっという鈍い音と同時に、肉勃起がラーミスの口の中から飛び出てくる。

次の瞬間、ペニスがビクビクッとしなり、白濁液が先端から勢いよく放たれた。

ヒイロはマズイと思ったが、時すでに遅く、びゅるびゅると飛び出てきた精液が、ラーミスの顔に撒き散らされる。

「あ……熱……ン……」

顔をそむけることもなく、ラーミスはうっとりと目を細めて、精液を受け止めた。

ラーミスの艶やかな髪、整った顔を汚してしまったヒイロは慌てふためく。

「ご、ごめ……ラーミス……汚しちゃって……」

どうしていいかわからず、オロオロするヒイロにラーミスは鷹揚に微笑んだ。

「大丈夫……ですわ」

とろみのついた白濁を指先で掬うと、その指を咥えてみせる。

申し訳ないという気持ちとは裏腹に、自分のすべてを受け止めてくれたラーミスに、ヒイロの胸がいっぱいになる。

「……特別な回復魔法、効いたでしょう？」

「う、うん……」

痴態を晒してしまったことの気まずさからか、顔を真っ赤にして視線をさまよわせるヒイロの姿にラーミスの胸が甘く疼く。

（あぁっ、そんなに可愛い顔しないで……）

奉仕魂に火がついたラーミスが、精汁をしたたらせる先っぽに顔を近づけた。

むせ返るような濃い匂いが鼻腔をくすぐるが、それにも構わず、ラーミスは先っぽをちゅっと吸い立てた。

「っちゅ……ン……っふ……きれいに……しないと……」

射精して満足そうにうなだれた半身を、口を使ってかいがいしくきれいにしてくれるラーミスを見ていると、いったんは凪いだヒイロの胸に劣情が沸々ともよおしてくる。

「ああっ!?　ラーミス……汚いのにっ!?　そ、そんなの……吸わないで……」

「ンンッ!?　う、そ……っちゅ……ン……また大きく……なって」

口の中で雄々しく復活したヒイロの半身。

戸惑うラーミスの姿に、ヒイロはいたたまれない気持ちになる。

「うぅうぅ……だってこんなこと、今までしたことないし……わからなくて……」

涙目になってうなだれてしまうヒイロにラーミスの胸がきゅんっと高鳴る。

「悪いことじゃありませんわ……ただ、次は、私も……ヒイロに回復……してほしくなって……困りましたわ……」

「え？　ラーミスを……僕が回復？」

「ええ、そう……」

熱いため息をつくと、ラーミスがヒイロの身体をその場へと押し倒してきた。

驚くヒイロの股間の上に、ラーミスがまたがってくる。

ブラジャーの肩紐は、すでに二の腕あたりまでずり下がり、大きなブラカップもずれ、おっぱいがむっちりとはみ出ている様は、勇者がひそかに愛読しているエッチな書物の挿絵顔負けのいやらしさだった。

ヒイロの脳裏に、「お姉さん賢者のエッチな回復魔法♥」という煽り文句が思い浮かぶ。

斜め下から見上げるHカップのおっぱいは、くっきりとした陰影がついていて、いつも以上に大きく見える。

　それに加えて、スリットの入ったローブの下からは、ガードルとストッキングに包まれたむちむちの太ももが無防備に覗いてもいる。

　煩悩を刺激する甘酸っぱい香りが漂ってきて、ヒイロは眩暈を覚えた。

「……私も回復するけど、勇者も回復する……極大回復魔法《ギガヒール》よ」

　とろんとした口調で呟くと、ラーミスがローブのすそをたくし上げた。ブラジャーと同じレース仕立ての黒いショーツを見せつけてくるかのような挑発的なラーミスに、若竿は喜び勇んでしまう。

(すご……エッチすぎだ……)

「焦らないで……」

　ラーミスが跳ねる肉竿を手で押さえて、ショーツの股布へと亀頭を食いこませた。

　つるっとした薄布越しにラーミスの柔らかな秘部を感じて息を呑む。

　そこはすでに熱く火照り、じっとりとした蜜で濡れていた。

「……こういうこと……駄目……かしら?」

「い、いや、だ、駄目っていうか……ラーミスのほうこそ……僕なんかでいいの?」

「貴方でないと……駄目と言ったほうが正しいわ……」

　びっくりするほど真剣なラーミスに、ヒイロも真顔になる。

「戦いが終わったら……って思ってましたの。でも、まだまだ戦いは続きそう。だけど、もう……ずっとずっと我慢してきたのだから……いいでしょう？」

ラーミスがローブの中に手を差し入れると、股布を片側へと寄せ、ヒイロの亀頭にヴァギナをあてがった。

ぬるっとした愛液に濡れた花弁に敏感な亀頭を包みこまれ、あまりもの心地よさにヒイロは呻く。

「あっ……ンンッ……ヒイロ、駄目？」

「駄目じゃない……けど、こんなこと、い、いけないことなんじゃ……」

「お互いがよければ……問題はありませんもの……」

自分に言い聞かせるように呟くと、ラーミスは天を突く勢いの肉の巨塔へと、注意深く腰を沈めていく。

だが、ぬるぬるになったぬかるみに、大きな亀頭はなかなかはまってくれない。

「ン……や……ヒイロの大きくて……滑って……難し……いですわ……」

腰をくねらせながら、ペニスを挿《い》入れようと四苦八苦するラーミスの痴態に、ヒイロの胸が熱く燃え上がる。

「……こ、こう……かな？」

ヒイロも腰を微妙に動かして、突破口をさぐる。

この奇妙な間が、死ぬほど恥ずかしくて、いたたまれない。

「あっ……そ、そこ……ン、ン、ン、ンンンン――ッ」

やがて、突破口を見つけたラーミスが、白い喉元を反らして、体重をかけていく。

カリ首が大きすぎるのと、秘所が小さいせいで、なかなかペニスが食いこまない。

だが、ふとした拍子に、ラーミスの二枚貝がぬるりとヒイロの先端を呑みこんだ。

「ふぁっ!?」

自分で挿入れておきながら、ラーミスは全身を波打たせた後、固まってしまう。

「ラーミス……だ、大丈夫？」

「……大丈夫……ですわ。少し、驚いただけで……」

気丈に微笑むと、さらなる奥へとペニスを埋めこんでいく。

（やっぱり、大きすぎ……ど、どうしよう……）

灼熱の肉棒に、狭い箇所をめいっぱい広げられ、息が詰まってしまう。

じりじりと肉鏝《にくごて》は柔らかな膣へと沈んでいくが、ようやく半分くらい埋まったところでラーミスは再び動きを止めてしまう。

「っく……うぅ……はぁはぁ……あぁ……」

第二の難関。ここを突破してしまえば、もう後戻りできない。

覚悟を決めたはずにもかかわらず、ラーミスは急に怖くなる。

「ラーミス？　む、無理しなくても……大丈夫だから……」

心配そうに自分を見上げているヒイロを見た瞬間、ついに迷いが断ち切れた。

（私が年上なのに。ヒイロを不安がらせては駄目。ここでやめてしまったら、優しすぎるヒイロのことだから、二度としないに決まってますもの……）

「いいえ……無理なんて……してませんわ」

意を決すると、ラーミスはきつく目を瞑って一気に全体重をかけた。

身体の中で何かが弾けるような感触の後、重たい衝撃に突き上げられる。

「っ!? あ、くぅっ!? あぁああああっ！」

一瞬、まぶたの裏が真っ赤に染まり、ラーミスは我を忘れて悲鳴を上げてしまう。

身体の中央を太い肉槍で串刺しにされ、子宮口を亀頭でぐりっと抉られ、驚愕の表情で全身を硬直させた。

「う……あぁ……熱い……ラーミスの中……でこぼこしてて……すごくうねってて、めちゃくちゃ絡みついてくる……っくぅ……」

ヒイロは、歯を食いしばると、なんとか射精の衝動を堪えきった。

初めてのおま×こは、想像以上に温かくぬるぬるしていて、ざらついた突起が、いそぎんちゃくのように絡みついてくるため、すぐにイってしまいそうになる。

挿入と同時にイくなんて、さすがに恥ずかしすぎる。

ヒイロは、ラーミスに一度抜いてもらっていてよかったと心底ホッとする。

　が、落ち着くと同時に、自分の下腹部にまたがったまま、動けずにいるラーミスのことが心配になる。

「……ラーミス、大丈夫？」

「う、うぅ……あまり……大丈夫じゃ、ない……かも……どうしてかしら。足に力が……入らなくて……」

「ま……ま、まさか……ラーミスも初めてとか……」

「あら、そんなに……私、遊び人に見えますの？」

「う、うぅ、そ、そういう意味じゃないけど……ラーミスは僕よりずっとお姉さんだし。まさか僕が初めてなんて……」

「結構、こう見えて……純情ですのよ。昔の私からは想像もつかないでしょうけど。そのさらに昔は、厳格な家で育てられてきましたの」

　ラーミスが処女だったと知って愕然とするヒイロに苦笑すると、ラーミスは足に力をこめて、恐るおそる腰を上下に動かし始めた。

「っく……う……あぁ……太……すぎ……ですわ。中ではちきれ……そう……」

「ごめ……」

　苦しげに顔を歪めつつも、腰を動かすラーミスにヒイロは恐縮する。

　痛さを超えれば、その先に狂おしいまでの快感が訪れるはず。

そういった知識だけは豊富な賢者が、徐々に腰を大胆にくねらせていった。

「あぁっ……本当……少しずつ、よくなって……あぁああ……何これ……」

鋭い痛みに、かすかな快感が混じり始めたかと思うと、それは加速度的に身体中へと拡がっていく。

試しに、思いきって、おま×こから抜けてしまうギリギリのところまで腰を引いたかと思うと、一気に腰を落としてみる。

「きゃぁっ⁉　んぁっ⁉　深い……奥……あぁ、勇者の……熱くて硬いの……当たって、食いこんじゃって……るっ⁉」

子宮口に淫らなノックを受け、身体の芯に愉悦がじんわりと沁みていく。

「あ、あぁ……い、いい……すご……いの……来る。来ちゃいます……わ……」

甘ったるい声でうわごとのように呟くと、ラーミスはがむしゃらに腰を動かし、狂おしげに自らのおっぱいを揉みしだき始めた。

「うぁ……ラーミス……エッチすぎ……あああっ⁉　すご……く締まる……」

ラーミスが乱れれば乱れるほど、ヴァギナの収斂が激しさを増し、ヒイロの半身はとろとろの膣壁に精液を絞りとられそうになる。

「うぁあああっ⁉　こ、こんなの、す、すぐに……イっちゃう……って」

「い、いいわ……わ、私も……そんなに長くは……む、無理そう……ですもの」

逼迫した嬌声を上げながら、ラーミスは狂ったように腰を前後、上下へと弾ませる。

下腹部の疼きが瞬く間に肥大していき、二人は我を忘れて、激しく身体をぶつける。

「あンっ、あぁっ、あぁ、あぁああっ!?　い、いい……っ。奥……あぁ、深すぎ。ヒイロの聖剣が……私の鞘に……いっぱいいっぱい……きます……のっ」

「はぁはぁ……ラーミス！　ヤバい……これ……気持ちよすぎ……だ」

乱れ狂うラーミスに負けじと、ヒイロが腰を跳ね上げるたびに、ラーミスのおっぱいがぶるんっと上下に揺れた。

「もう……何がなんだか……エッチすぎ……だ。これ……あぁ……」

ヒイロが弾む乳房を下から鷲づかみにすると、何度も何度も腰を突き上げる。

「あぁっ!?　ヒイロ……そこ……あぁ……ンっ……何……これ……」

「僕も……わからないけど……あぁ、や、やめられない、止まらないっ！」

覚えたての未知の快感に酔いしれた二人は、一心不乱に腰を揺らし、一気にオルガスムスの階段を駆け登っていく。

ずぷ、ぬぷっというペニスがヴァギナを往復するたびに出てしまう湿ったいやらしい音が、二人の劣情を煽る。

「あああっ、何か来るっ!?　あぁっ、も、もうもうっ!?　これ以上は……が、我慢でき、ないっ。射精る……」

「ああっ、ヒイロ！　私も！　もう……来て……いっぱ、いっぱい……来てっ。はぁぁあああっ、も、もうもうっ……イクっ!?」

　左右の肩を交互に突き出すように激しく身悶えながら、ラーミスがヒイロの上で全身を激しくびくつかせた。

　それと同時に、ラーミスの蜜洞がきゅうっと締まり、爆発寸前の肉槍をぎゅぎゅっと絞り上げる。

「っ!?　う、っく——」

　童貞を卒業したばかりの若竿が、肉壺の執拗なおねだりに屈し、二度目の白濁液を解き放った。

　一度目よりもさらりとした熱いスペルマが、破瓜を迎えたばかりの粘膜にじわりと沁みこんでいく。

「ああぁっ、し、沁みるっ!?　熱い……の……中、いっぱい……ンンンッ!?」

　自身の奥深くで、力強い射精の脈動を感じながら、ラーミスは絶頂を迎えた。

　精液が膣内を満たしたかと思うと、逆流してつなぎ目から漏れ出てきてしまう。

　それがものすごくいやらしいことのように感じられ、エクスタシーの波にたゆたうラーミスはもう一度深く達してしまう。

「っふ……あ、あぁ……や、ぁ……すご……くエッチ……ですわ……」

腹部を痙攣させながら、ラーミスがしどけない表情でヒイロを見つめる。

事後の蕩けきった表情がとても色っぽくて、ヒイロは見惚れてしまう。

「……ン、ぅ……ついに……して……しまいました、わね……」

「う、うん……ご、ごめん。中に出しちゃうとか……」

「大丈夫ですわ。むしろ、つながっているっていう実感が持てて、幸せですもの。いつまでもこうしていたいくらい……」

「っちょ!? つ、つながってるとか……」

今さらのように赤面するヒイロにラーミスが幸せそうに笑み崩れると、つながったまま身体を倒して、ヒイロの胸に頭を預けてきた。

ヒイロは、しっとりと汗に濡れたラーミスの柔らかな身体を感じる。

「二人だけの秘密……できちゃいましたわね……」

「そうだね……ううう、こんなこと、誰にも言えないし……」

「本当は、事細かに教えてあげたいくらいですけれど?」

「だ、駄目だよ……それはさすがに……」

「わかってますわ。負けず嫌いのメルのこと、張り合うに決まってますもの。それは私が困りますわ……」

「え、メルが!? いやいや、メルがまさかそんな……メルの頭には、戦いと料理、ごはんのことしかないって」

「……まったく……ヒイロって、本当に鈍感ですわね……ずっと一緒に冒険していて、わかりませんの？」

ラーミスがジト目でヒイロを睨みつけたかと思うと、恨めしそうに尖った乳首へと歯を立ててきた。

「い、いたっ！　か、かじらないで……」

「私のはあれだけしつこくかじっておいて、よくそんなこと言えますわね」

「うう……あれは、そ、その……ご、ごめん……」

「だーめ、許してあげませんわ」

ラーミスが、反撃とばかりにヒイロの乳首をチロチロと舐め始める。

「うぁ……だ、だから、駄目だって……そんなことしたら……また」

「二度も出しましたのよ？　さすがにもう……って……え、ええっ!?　うそ……ですわよね？　まさか……また……回復してっ!?」

身体の奥で再び力強く回復していく肉棒にラーミスは戦慄する。

ヒイロの精力は無尽蔵だった。

「だって……ラーミス、この回復魔法……効きすぎだって……」

「私、まだ極大回復魔法《アルテイメツトヒール》は覚えていませんのに……」

「ど、どうしよう……」

「仕方ありませんわね。イケナイ子」

くすりと笑うと、ラーミスはヒイロにキスをして、身体を密着させたまま腰をくねらせ始めた。

覚えたての悦楽の坩堝に、二人は再び堕ちていった。


(な、なんだ……あやつらは……一体、何をしているのだっ!?)

背後で延々と続く淫らなやりとりに聞き耳を立てている人物が一人いた。

魔王だった。

顔を真っ赤にして、息を潜め、困り果てた表情でせわしないまばたきを繰り返す。

魔法は、かかりやすい人間とそうでない人間がいる。

メルのように、力こそすべて、脳ミソまで筋肉な単純なタイプにはよく効くが、魔法抵抗力が優れている人間には効き目が薄い。

魔王も頭がいいほうではない。むしろ、メルとさほど変わらない。

だが、それでも魔族は、もともと人並み外れた魔力を持ち、魔力が高ければ高いほど、魔法抵抗力も高くなる。

賢者はそれを完全に失念していた。

魔王は魔王でもエセならたいしたことはないと見くびっていたのだ。

なんせ、僧侶《プリースト》の上位職である賢者の魔法の威力は絶大で、まず失敗はありえない。

ただし、魔法をかけた相手が類い希な――そう、それこそ魔王級の魔法抵抗力を持つならば話は別だ。

つまり、魔法抵抗力が極めて高い魔王には睡眠魔法は効いていなかった。

すぐさま深い眠りについたメルとは違い、一瞬、とてつもない睡魔に襲われただけで、すぐに目が醒めた。

が、賢者と勇者がいちゃつき始めてしまい、「ふはははっ！　貴様の魔法なぞ、余には通じぬ、通じぬのだーっ！」とドヤ顔をキめる機を完全に逃してしまっていた。

（うぅうう……こういう場合、どうすればいいのだっ!?）

とりあえず、寝たフリをしたほうがよさそうだと、魔王にしては珍しく空気を読み、寝たフリを決めこむものの、背後で行われている濃厚なやりとりがどうしても気になって仕方ない。

尖った耳がピクピク動き、なぜだか妙にイライラ、ドキドキしてしまう。

「あンッ……勇者……そ、そこ……はっ!?　あぁ……」

「股のとこ、なんかこりっとしたものがある……ここいいんだ？」

「きゃぁっ!?　いやぁあん……ゆ、指でぬるぬるしちゃ……駄目ぇえぇ……」

「…………」

二人が何をしているのか、この目で確かめたいという好奇心は煽られるものの、それはものすごくいけないことのような気がして、どうしても後ろを振り返ることができない。

ラーミスの色っぽい啼き声と、ちゅくちゅくという粘着質な水音を聞いていると、なんだか胸の辺りがそわそわして落ち着かない。

(……股のとこ?　こりっとしたもの?)

二人の会話を頼りに、魔王はそっと自分のショーツの中へ手を差し入れてみる。

すでにそこは信じられないほどぬかるんでいて、魔王は顔をしかめた。

(な、なんで……こんなになって……)

戸惑いながらも、柔らかな媚肉の間にゆるゆると指を遊ばせてみる。

ちゅ、ちゅくというひそやかな湿った音に、顔がかぁっと熱く火照る。

(くっ、あの賢者、さては妖しげな魔法を重ねがけしたか!?)

魔法の二重詠唱は魔法の道を究めたごくわずかな術者にしか使えない高等技。

そうそう誰もが使えるものではないのだが、「きっとそうに違いない!」と魔王は自分に言い聞かせずにはいられなかった。

でないと、この不可解極まりない現象の説明がつかない。

魔王は忌々しげに唇を嚙みしめながらも、さらに指を動かし続ける。

と、ふとした拍子に、指先にこりっとしたしこりが触れた。

魔王は、あられもない声を上げてしまいそうになり、慌てて口を塞いだ。

「っはぁはぁ……う、っく……」

(なんだ……今の……何かビリビリ来た……)

かすかにではあったが、一瞬、腰がふわりと浮くような未知の快感を覚え、胸の鼓動が加速していく。

割れ目の前のほう、花弁を掻き分けていくと、魔王の指は肉真珠を探り当てた。

「っふ……あぁあっ!?」

さっきよりもさらに強い電流が走り、魔王は甘ったるい声を上げてしまう。

勇者と賢者に気づかれたかも、と、全身から冷や汗が吹き出すも、二人は自分たちだけの世界に完全に没入していて、魔王には気づかない。

魔王は、ドキドキしながら、再びぬるぬるの指を動かしてみる。

「ンンンッ!?」

(な、なんだ、これ……気持ち、いい……)

いやらしいスライムの触手なんて比べ物にならないほど、気持ちがいい。

「う……く、はぁ……はぁ……」

魔王は、覚えたての真珠いじりに夢中になってしまう。

（この指が……勇者だったら……）

想像しただけで、奥のほうからじゅわっと愛液が溢れ出てきた。

（つく、勇者……貴様なんかに……誰が……痴態を晒すものか……）

恥ずかしい緊縛姿を見られたときの羞恥がありありと蘇り、魔王を苛む。

だが、不思議なことに、自分の指ではなく、勇者の指でいやらしく責められていると考えたほうが、心身共に昂ぶる。

（悔しい……なぜ、こんなに反応してしまうのだ!?　あんな痴態を見られたからには、絶対に殺す。そのためだけについてきたはずなのに……）

敵味方関係ないと言ったときの、勇者の真剣な目を思い出すと、疼きは加速する。

（あんな綺麗事を抜かす甘い男は……大嫌いだ。絶対の絶対に本性を暴いてやる。極限の状況に達すれば、人は本性を剝き出しにする。綺麗事なんて言っていられない）

「あっ!?　やあっ!?　指で、奥……そんなに掻きまわさない……でっ！　すぐイってしまいます……わ……ンぁあぁ……」

「それって……もっとしてって意味だよね？」

（ゆ、指で……奥を……か、掻きまわす……だとっ!?）

背後でぐちゅぐちゅといういやらしい音が大きくなり、魔王は、カッと目を見開くとゴクリと生唾を呑む。

(いったいどこの奥をどんな風に掻きまわしているのだ!?)

ラーミスの狂乱っぷりに、それはさらに気持ちよいことなのだろうと想像はつく。

魔王は恐るおそる、人差し指を割れ目の中へと挿入れてみる。

「っふ!? あ、あ、あぁぁ……」

指先がざらついた壁を偶然抉ると同時に、魔王はくぐもった嬌声を上げた。

肉芽をいじるときよりはマイルドな快感だが、その分下腹部の奥深くに響いてくる。

魔王は形のよい美乳を上下に弾ませながら、我を忘れて、指で膣内を掻き回した。

(うぁ、あぁぁあっ!? 指にヒダヒダが吸いついてきて……きゅうって締めつけてきて。た、たまらない……)

指を膣洞で暴れさせれば暴れさせるほど、おま×この締まりが強くなり、指が動かしづらくなる。

ずちゅ、ぬぷという放屁にも似た卑猥な音が、よりいっそう魔王の羞恥を煽る。

(あ、あぁ、魔王ともあろう余が……なんという破廉恥なことを……して……)

スライムの触手に囚われるまでは、魔王城の主として、凶悪な魔物たちを手足のように使ってきた自尊心が打ちのめされる。

が、それと同時に、得体の知れない渇きが満たされていくような感覚に、魔王は戸惑っていた。

「ン……勇者……絶対に、こ、殺す……ンンンッ……」

小さな声で勇者の名を呟いてみると、子宮がきゅうっと奮い立つ。

優しげな相貌の勇者なんかの指に、荒々しく、身体の中心を掻き回されている様を想像しながら、魔王は自慰に没入する。

「ふ、あぁ、あぁあぁあっ……ゆ、勇者のクセに……な、生意気っ！　あぁあっ！」

屈辱と羞恥に顔をくしゃくしゃにして、魔王はひそかに絶頂を迎えた。

一瞬、思考回路のヒューズが落ちたかのように何も考えられなくなり、少し遅れてエクスタシーの高波が襲いかかってくる。

刹那、奥のほうから恥ずかしい蜜が一気に溢れ出してきて、ドレスの下、内腿に幾重にも伝わり落ちてきた。

「く……う……はぁはぁ……あぁ……」

こんな痴態、誰にも気づかれてはならない。魔王の沽券にかかわる。

魔王は、深い呼吸を繰り返して、昂ぶりきった心身を静めようと試みる。

だが、生まれて初めて深い絶頂を迎えた身体は、なかなか静まりそうにもない。

全身が蕩けるような快感の余韻に、身体が小刻みに震えてしまう。

（……勇者め……どこまで余を貶めれば気が済むのだ……）

眉をひそめると、魔王は不貞寝を決めこむことにした。

が、やっぱり背後で何をしているかが気になり、なかなか寝つけない。

（仲間と……あんなことをするのが勇者の務めなのか⁉　回復魔法って……あんなにいやらしいものなのか⁉　コミュニケーションって……度が過ぎているだろう⁉　だが、しかし……ううーむ……）

勇者に対する苛立ちが悶々と魔王の胸を焦がす。

それが嫉妬の炎だと気づくには、経験が足りなくて。

結局、魔王は眠れぬ長い夜を過ごす羽目になるのだった。

ラーミス

職業：賢者
年齢：ひ・み・つ♥
(メル「たしか22歳って……(もごっ)」
知力：ひ・み・つ♥
魔力：攻撃魔法も回復魔法もアレな魔法も超一流♥
スタイル：悩殺級ナイスバディ♥
装備：賢者のローブ
Hブラジャー
賢者の杖

クエスト2 女戦士の巨乳とボディを大攻略！

賢者の特別な回復魔法の効き目は確かにあったようで、ヒイロはここのところ、ぐっすりすぎるほど眠れるようになっていた。

以前は、勇者として双肩にかかるプレッシャーからか、よく眠れないことのほうが多かった。

しかし、この安眠が、妙な形で妨げられることもまた増えている。

そんなある朝、妙な獣くささに、ヒイロは起こされた。

「……ううーん？」

目の前に巨大すぎる熊がいた。

否、正確にいえば、熊がヒイロに添い寝していた。

身の丈三メートルは軽くある殺戮熊《キルベア》。

獰猛かつ残忍な魔物で、その爪や牙には猛毒を持つ。

たった一頭に冒険者のパーティーが全滅させられることも珍しくはない。

「……っ!?」

寝ぼけ眼の勇者が、反射的に飛び起き、枕元に置いてある伝説の剣を抜く。

しかし、敵意を持つ魔物に反応して禍々しい紫色に輝くはずの刀身は、鏡のように周囲を映すのみ。

「……あれ？」

よくよく見れば、殺戮熊の胸にはぽっかりと穴が広がっていた。

すでに絶命しているのだと気づき、ホッと胸を撫で下ろした瞬間、頭上から魔王の声が降ってきた。

「やーい、勇者のばーか、かーば、変態、エロッ！　絶対殺すっ！」

見れば、木の枝に腰掛けた魔王が、悪態をつきながら舌を突き出してきた。

子供の喧嘩かっ!?　と、心の中で突っこみをいれる勇者だが、妙に「変態、エロ」のくだりに強烈な殺気が駄々洩れている気がして焦ってしまう。

（まさか……この間のアレ……魔王に気づかれていた……とか？）

賢者がかけてくれた特別な回復魔法のことを思い出すだけで、即勃起してしまう。

朝であることも手伝い、ヒイロの股間のほうの聖剣は、雄々しく屹立していた。

　下半身あたりを凝視してくる魔王の視線を感じてヒイロは我に返ると、慌てて回れ右をして、頭の中からラーミスの痴態を追い出そうと試みる。

「……魔王、あのさ、こういういたずらは心臓に悪いからやめてよ」

「どういういたずらならばよいのだ？　このド変態勇者」

「うぅ、だから、なんでそんな呼び方……」

「身に覚えがないのなら、もっと怒ってもいいところだが？　なぜ怒らない？　やましいことでもしているのではないか？　このドエロ勇者」

「っ!?」

　魔王の歯に衣着せない毒舌のラッシュに、ヒイロはギクリとする。

「もしかして……な、なんか……怒ってる？」

「そんなこと、今さら気づいたのか!?　駄目勇者っ！」

「ご、ご、ごめん……」

「だから、なぜそこですぐに謝る!?　謝る理由もわかっていないのに、とりあえず謝っておけばいいなんて適当なことするなっ！」

「……じゃ、なんで怒ってるか教えてくれる？」

「っ!?」

　ヒイロの直球ながら弱々しい質問に、魔王の顔が強張った。

かと思うと、みるみるうちに真っ赤になっていく。

「う、う、うるさいうるさいうるさいっ！　そんなの自分で考えろっ！」

「いや、教えてもらったほうが早いし……」

「……う、うぅうう、そ、そんなのっ！　余の口から言えるかーっ！　ばかぁあ！」

魔王は、なぜかめちゃくちゃ恥ずかしそうに顔をぶんぶん左右に振りながら吠えた。

（やっぱり……ものすごくバレてる気がする……ど、ど、どうしよう……）

ずーんと落ちこむヒイロを、魔王はじーっと険悪な目で見据えると、重力を感じさせない軽やかな動きで地面へと飛び降りてくる。

「そこでなぜ貴様が落ちこむのだっ！　余のほうがよっぽど落ちこみたいくらいだ！　魔王の辞書にそんな言葉などないがなっ！」

「え？　なんで魔王が落ちこむ必要があるんだ？」

「バカモノ！　あ、あんな……恥ずかしい格好を見られ……て……平気でいられるワケない……絶対殺す」

「あ、エッチな格好で捕まってたアレのことか……」

ヒイロがひらめいたとばかりに手を打つと、魔王は両手の拳を握りしめ、瞬く間に全身に震えが拡がっていく。

「……こっちは死ぬほど恥ずかしくて、なかなか眠れないくらいだったのに……今まで忘れてたみたいなことを……」

「だ、大丈夫。僕、忘れっぽいほうだし……確かにあの魔王のエッチな格好は衝撃だったし、忘れたくないけど……なるべく魔王のエッチな格好、すぐに忘れるようにするから……」

「エッチな格好、いちいち連呼するなあぁああぁぁあああああああーっ！」

魔王の痛恨の一撃が勇者の頬に炸裂した。

まさかのグーパンチを勇者はモロに食らってしまう。

「もう、死ぬ、死ぬ死ぬっ！　っていうか、殺すっ！　死刑！　だけど、約束は約束だし……あぁああああーっ！　もうっ！　なんでよりにもよってこんな変態勇者と取引なんてしてしまったのだ！」

「取引って……ああ、世界の半分、女の子だけっていうアレ？　冗談だったのに」

「――人は思いもよらないことは、冗談でも口にせぬものだぞ」

「うっ、まあ確かに……ちょびっとは期待してたかもだけど……」

「サイテー変態ドエロ勇者！」

「とにかく、僕は取引なんてしたつもりないから。気にしないでいいし」

「……そ、そういう訳にはいかぬ。勇者に助けられるなど、魔王の沽券にかかわる」

「へえ、魔王って結構律儀なんだなー」

「ううううっ！　うるさいうるさいうるさい！　そんなんじゃない！　断じてない！」

「はいはい。とりあえず、熊とってきてくれてありがとう。メルにシチューでもつくってもらおう。メルのシチュー絶品なんだ」

「むぅ……」

勇者の言葉に、魔王はじゅるっと涎を拭う。

完全にメルの料理に餌付けされているようだ。

「別に……お、おまえたちのために獲ってきたワケじゃないんだからなっ！」

わかりやすすぎる捨て台詞を吐くと、魔王は茂みの中へと消えていった。

「気の強いとこまで、ルーにそっくりなんだもんな。まいったな……」

一人その場に残された勇者は、苦笑して頭を掻くが、その表情は柔らかだった。

(魔王はルー……じゃないってわかってても、勘違いしそうになる……まいったな)

「……なんだか……最近、あたし、いらない子みたい……」

「何を言ってるんだ？　メルらしくないぞ」

「だって……あたしの仕事、魔王がとっちゃうんだもの……」

メルがぷくっと頬を膨らませて、今朝方、魔王が獲ってきたばかりの熊肉をさばきながらぶーたれる。

「全部じゃないよ。魔王は料理はできないし……」

「ごはんの材料を狩るのだって、あたしの大事な仕事の一つなの！　っていうか、楽しみなの！　料理しかしない戦士なんて……どうなのよ!?　腕がなまっちゃう……」

「なら、魔王に遠慮しないで、食事って、メルも狩りにいってくればいいのに」

「そうはいかないわっ！　命を分けてもらうのよ!?　たくさんあればいいというものではないわ。必要なものを必要な分だけいただくものなの！」

「確かに。でも、魔王なりに気を遣って、食材集めくらいは手伝おうってつもりなんじゃないかな?　メル以上に大食らいだしね」

「もう！　どうして勇者は魔王の肩を持つのっ!?　なんだか、もうすっかり仲間って感じになっちゃってるけど、あたしは仲間と認めたワケじゃないんだから！」

「そうだったのか……いつも仲良くじゃれ合ってたから、もうすっかり認めたもんだとばかり思ってた」

「仲良くじゃれ合うっ!?　いつ!?　誰がっ!?　どこで!?」

「いつもごはん取り合ったり、デザート取り合ったりしてるだろ？」

「……あれはじゃれ合いじゃないわ……骨肉の争いというの。男子にはわからないだろうけど、女子にとって、デザートだけは、絶対に譲れない戦いなの」

ゴゴゴゴゴ……という擬音を背負っているかのように、メルの顔が険しくなる。

「まあ、いっぱいおかわりをしてくれるのは……うれしいんだけど……ね」

「でも、確かにメルの言うことにも一理ありますわね。今はまだ魔王城を囲む魔森林《イビルフォレスト》だからいいけど、村とか町には、さすがに一緒に連れてはいけないでしょう。いくらエセ魔王だといっても、魔王は魔王で……見るからに『ザ・魔族』なんですもの。私たちがなんと言っても、多くの人たちは怯えるでしょうし……」

「そっか……他の人を怖がらせるのは……駄目だね」

まるで捨て猫を捨ててきなさいと言われた子供のようにヒイロがしょげるのを見て、ラーミスとメルは罪悪感に駆られる。

「でも、まあ……変装させれば、大丈夫かしら……あ、変化魔法《チェンジング》を使ってもいいかもしれませんわね……」

「もおぉおおおーっ！　賢者は勇者に甘すぎっ！」

「まあ、それは否定しませんわ……」

ラーミスがつっと意味深な視線をヒイロに投げかけると、ヒイロが顔を真っ赤にして、あさっての方向に視線を逸らす。

そんな二人の親密な態度が、メルの怒りに火を注ぐ。

「もーっ！　なんなの!?　なんか最近、二人とも、あたしに隠し事とかしてない!?」

「し、してない！　そんなの絶対にしてないっ！」

「フフフ……勇者ったら……可愛いですわ。例の回復魔法《アレ》、かけてあげましょうか？」

「い、いやっ！　体力、魔力どっちも満タンだから！　だ、だ、大丈夫だって！　なんだか最近、よく寝られるようになったし……」

「遠慮しなくてもいいですのに……」

わざと勇者の腕におっぱいを押しつけて、勇者のキョドリようを楽しむ腹黒賢者の身体をメルが勇者から引っぺがした。

「だから、いちいち、人前でいちゃつかないっ！」

「もう、メルったらイライラする女子は、男子受けよくありませんわよ？」

今度はメルにしなだれかかると、ラーミスはメルの耳元にふぅと息を吹きかけた。

「きゃっ!?　や、や、やめっ！　ぞ、ゾワゾワする。やめてったら」

「相変わらず、感じやすいですわね……」

「違う！　ゾワゾワするだけだってば！　変なこと言わないでっ！」

メルが耳まで真っ赤になってがうっと吼えると、恥ずかしさをごまかすように背中の大剣を鞘から引き抜き、真横へと一閃した。

ラーミスの胴体が真っ二つに切断される。

と、思いきや、その姿が蜃気楼のように掻き消えた。

「もう、メルったら。短気は損気……ですわよ？」

瞬間移動《テレポート》の魔法を使って、メルの背後をとったラーミスがのんびりおっとりとした口調で呟く。

「……うぅうう、短気とか損気とかっ！　そんなの知らないしっ！　もー、なんなの!?　頭の中がもじゃっとする！」

がうっと吼えると、メルは大剣を鞘から引き抜いたまま、回れ右をして、そのまま大またで森の奥を目指して歩いていく。

「メル、どこ行くの？　熊肉、どうしておけばいい？」

「ちょっとだけ気晴らしに狩りいってくるからっ！　ごはんの準備は帰ってするし、そのまま置いておいてっ！」

メルは後ろも振り返らずに言い残すと、重なり合う木々の向こう側へと姿を消した。

「ちょっといじりすぎてしまったかもしれませんわ。まさか、あんなにストレスをためているなんて思ってもみませんでしたの。ちょっと悪いことしてしまいましたわ」

「いやいや、リーダーの僕がしっかりしないといけないのに、魔王のことも、メルとラーミスに言われるまでは気がつかなかったし。ごめん」

「まあ、メルのことですし、思いっきり狩りしてストレスを発散させれば、機嫌も直るでしょう」

「だといいけど……」

「とりあえず、メルの料理好きに甘えて、いつもごはんを作ってもらってばかりというのもなんですし、今日は私がサプライズで料理をつくりますわ」

「え……ラーミスって、ごはんつくれるの!?」

「……失礼ですわね。私だって料理の一つや二つできますわ」

「何をつくるの？」

「えっと……熊の丸焼き……ワイルド仕立てとか？　要は、こんがりと焼けばいいんでしょう？　焼けば……」

「……いやいやいや、ただ焼けばいいってもんでもないよ！　僕がつくるから！　ラーミスはおとなしくしてて！」

魔法の杖《ロッド》を斜めに構え、炎弾魔法《ファイヤーボール》の呪文を唱え始めたラーミスをヒイロが慌てて止めた。

　ヒイロの脳裏には、黒こげになった熊肉が容易に想像できていた。

「ならば、こうしましょう。ヒイロがごはんをつくって、疲れたら私が、愛をこめてたっぷり回復してあげますわ」

「う、うん……じゃ、じゃあ、それで……」

　ヒイロが顔を真っ赤にして俯くと、ラーミスは意味深な笑みを浮かべて杖をしまう。

つい、ヒイロは、裸エプロンで料理を手伝ってくれるラーミスを想像してしまい、前かがみになった。

「あら、ヒイロ？　何をエッチな想像してますの？」

「い、いや……なんでもない！」

「どんな風にお手伝いしてもらいたいんですの？　裸エプロン？」

(超バレテルッ！)

動揺がヒイロの顔に駄々洩れてしまう。

「あらあら図星ですの？　ヒイロったら仕方ありませんわね。メルのエプロン借りて特別サービスしてあげますわ」

「いやっ！　いいって！　料理に集中できなくなるし！」

「むしろ……私を食べたくなるかもしれませんわね？」

ラーミスが転移魔法《テレポート》を応用し、一瞬でメルのエプロンを装備しなおした。

今まで着ていたローブがもぬけの空になり、地面へと落ちる。

大胆に開いた襟ぐりからは、Hカップのむちむちのおっぱいがはみでんばかり。

深い谷間に、つんと尖った乳首、おっぱいから脇にかけてのくの字のラインに、ヒイロは息を呑んだ。

エプロンの裾からのびているニーソックスに包まれた美脚にもそそられる。

「どう？　似合ってます？」

杖の代わりにお玉をふりふりしながら、ラーミスがくるりと回ってポーズをきめた。

裸エプロンの前は前で十分刺激的だが、後ろは後ろで、これまたぷりっとした形のよいお尻とくびれたウエストのラインに劣情をそそられる。

男の夢、裸エプロンの威力はダテではない。

ヒイロは、戦々恐々とする。

「似合いすぎて……困るっていうか……その……」

「どうして困りますの？　お料理のお手伝いをしてさしあげるだけですわ」

わざとらしい口調でラーミスがヒイロへと迫ってくる。

ラーミスから逃れようとするヒイロだが、それより早く、ラーミスが緊縛《バインド》魔法を唱えた。

「あ、うぅうっ!?　動け……ない」

「たっぷりじっくりお手伝いしてあげますわ♪」

ラーミスがいとおしげに勇者の頬を両手で包みこむと、ヒイロにキスをした。

唇を撫でるだけの穏やかなキス――に見せかけて、いきなりラーミスがヒイロの歯列に舌を差しこんでくる。

「ンンッ……ちゅ……はぁ……ン……おい……し。ヒイロのキス……ンンッ」

ラーミスは、その場に棒立ちになったままのヒイロの身体を優しく抱きしめると、情熱的に美脚をからめた。

　柔らかな舌と胸に押しつけられたおっぱいの弾力とに全神経が集中し、ヒイロのズボンの前にはすでにテントがはられていた。

「もう、せっかちですわね」

　ラーミスが舌なめずりをすると、ズボンの腰紐を解き、半身を露出させた。

　勢いよく外へと飛び出してきたペニスが、ヒイロの腰に脚を絡ませていたラーミスの媚肉を軽く叩く形になる。

　すでにそこは存分に潤っていて、肉幹に愛蜜の痕が残った。

「う……あぁ……だ、駄目だ……って。ラーミス……」

　ヒイロが上ずった声を洩らして、ラーミスに抗おうとするが、魔法をかけられているため抵抗できない。

「ん……あ、あ、あ、あぁ……」

　眉根を切なげに寄せたラーミスが肉棒に手を添え、それをゆっくりとヴァギナへと食いこませていった。

「こ、こんなの……エッチすぎだって……ラーミス……」

「はぁはぁ、エッチなのはいいことでしょう？　嫌いですの？」

「き、嫌いじゃ……あぁっ!?」

ラーミスの手に睾丸をきゅっと優しく握られ、ヒイロは恥ずかしい声を上げる。

そんな彼の悩ましい声がラーミスの嗜虐心に火をつけた。

「あぁ、ヒイロ……可愛い、ですわ……いっぱいいっぱい苛めたくなりますの」

目元を上気させたラーミスが、ヒイロの睾丸をやわやわと揉みしだきながら、腰を動かし始めた。

それと同時に、ヒイロの自由を奪っていた魔法を解除する。

「う、あああぁあぁっ、だ、駄目なのに！　こんなの駄目なのにっ！」

ヒイロは半泣きになりつつも、ラーミスの片足を上げたまま、彼女の身体を木の幹へと押しつけ、狂ったように腰を打ちつけてしまう。

「ンッ！　あぁっ!?　ヒイロ……いきなり激し……ンンンッ！」

形勢逆転。ヒイロを苛めるスイッチが入っていたはずのラーミスが、あられもない声を上げながらヒイロのピストンに乱れる。

「あぁっ、どうしよう!?　き、気持ちよすぎて……あぁ……あぁっ！　ラーミス！」

息を乱し、情けない言葉を洩らすのとは裏腹に、ヒイロの動きは雄々しく、どんどんと激しさを増していくばかり。

「はぁはぁ……あぁっ、もう、こんなに覚えてっ!?　これで初めて……だなんて!?

あぁっ、狂っちゃい……そ……ンンンンッ！」

下腹部の奥をガンガン力任せに突かれながら、ラーミスは悲鳴じみた狂おしい声を上げつづけてしまう。

いつメルが戻ってくるかもしれないのに。魔王がやってくるかもしれないのに。

そんな心配は、ひっきりなしに身体の奥深くに太く激しく刻み続けられる愉悦に、掻き消されてしまう。

「ンッ！　あぁあああっ！　あぁーっ！　あぁああああ……お、おかし……狂って。奥、あぁあぁっ、張り詰めて……い、いいのっ！　あぁっ！　あぁああ！」

もう何もまともに考えられず、髪を振り乱して、全身をしどけなくわななかせる。

襞がねちっこく絡みつくと、ペニスを締めつけ、外へと追い出しにかかる。

激しい抵抗を見せる坩堝の中にヒイロは、がむしゃらに肉棒を埋めこみ続ける。

「あぁあっ！　いいっ！　あぁ、いいのっ！　イクッ！　あああぁあぁっ！」

ラーミスがよがり狂いながら、ヒイロにしがみつき、彼の背中に爪を立てた。

一際、蜜洞が強く収斂すると、ついに肉勃起を外へと追い出してしまう。

大量の甘酸っぱい蜜潮が、ぷしゃあっと噴出し、肉貝から滴り落ちていく。

朦朧とする意識の片隅で、ラーミスの羞恥が燃え上がる。

（こんなにはしたない姿を見せてしまうなんて……もっとスマートに……私がお姉さ

んとしてリードするつもりでしたのに……）

何事も涼しい顔で理知的にスマートにこなすことを信条としているラーミスが思っていたのと真逆な現状に死ぬほど恥ずかしくなる。

「あぁ……いや、顔見ないで……」

「どうして？　ラーミスのエッチな顔、もっと見たい……見せてよ」

「いやぁっ!?　今、お化粧だって崩れ……て……ひどい顔してますわ……」

「ううん……すごく可愛いし……ずっと見ていたくなる……」

「あ、あぁ……ヒイロ……」

自らの顔を覆うラーミスの手をやさしく下ろさせると、ヒイロは彼女の両足を抱えこんで、濡れたペニスを肉壺へと再び食いこませていった。

「っく！　ああっ、や、ら……め……ああっ、それいじょ、しちゃ……あ、あはっ」

脳裏に官能のモヤがたちこめ、ラーミスの舌がもつれてしまう。

こんな頭の悪いしゃべりをする女のことを軽蔑していたはずのラーミスが、蕩けきった表情で内腿を痙攣させた。

「あぁ……さっきよりもすごくうねってて……ヤバすぎ……る……」

ヒイロは駅弁の体位で、鋭く腰を突き上げ始めた。

太くて硬い肉槍がＧスポットと膀胱とを雄々しく抉る。

敏感なポイントを抉られるたびに、全身の血が沸き、子宮口に衝撃が走るたびに、ヒイロとラーミスの脳に、官能のパルスが走りぬけていく。

「はっ、はっ、はぁはぁ……あぁっ、もっとして……ひどく……壊れるくらい。激しく、めちゃくちゃに……してっ！」

何度も何度も絶頂を迎え、雌の本能を剥き出された賢者が、呂律の回らない舌を突き出して激しく喘ぐ。

ヒイロが腰を突き上げるたび、大きな二つの乳房がデコルテの下で弾みつづける。

そのせいで、エプロンの布地が胸の谷間へと挟みこまれ、Ｈカップのおっぱいが完全に露出してしまっていた。

「う、うん……わかった！」

ラーミスに言われるまま、ヒイロはさらに深く彼女の腰を抱えこむと、腰を縦横無尽に振り立て始めた。

噴火寸前の鋼の硬さを誇るペニスが、角度を変えては、膣内で暴れまくる。

一番奥を突いてきたかと思うと、右の壁を抉り、かと思えば、スクリューするように腹部側を抉られ、ラーミスは狂ったようなイキ声を上げつづけた。

静かな森に賢者の甘い悲鳴が響き渡る。

「ああっ、も、もう……駄目……だ！　限界……」

「あぁっ！　あたしも、もう駄目ぇっ、ヒイロ、い、一緒にっ！　あ、あ、あぁあ！」

「う、っく――ラーミスッ！　ぬ、抜けな……い。　あぁあっ！　ヤバ……」

ヒイロが肉棒を外へと引き抜こうとしたが、膣膜が逃すまいと絡みついてくる。

あまりにも貪欲な肉壺のしめつけに、ヒイロは間に合わない。

膣壁が絡みつき、真空状態になったおま×こに思いっきり射精してしまう。

「ううううっ！　あぁっ！　ラーミス、ご、ごめんっ！　射精しちゃってる……と、止まらない……あぁああ……」

強烈な罪悪感と同時に、男の本懐を遂げたような満ち足りた感慨に、ヒイロは武者震いした。

身体の奥から迸る欲望が一滴残さず、ラーミスの膣内へと注がれていく。

「っふ、あぁ……はぁはぁ……あぁ、ヒイロのが中でビクビクして……熱々のが……いっぱい！　ンン、はぁはぁ、あぁあぁっ、つながってる。あぁ、つながってるって……感じますわ。ヒイロの全部」

蕩けきったイキ顔に淡い笑みを浮かべて、ラーミスは掠れた声で呟いた。

想像していた以上の一体感に、彼女の目尻にはうれし涙が光っている。

中に射精してしまったというヒイロの罪悪感がじわりと溶けていく。

「ごめ……こんなの、あまりよくないって……わかってはいるんだけど……」

「別に私は困りませんわ。ヒイロのすべてを受け入れたいんですもの」

「ラーミス……」

ラーミスの包容力に、ヒイロの胸が熱くなる。

「ありがとう……すごくうれしい……」

「いいえ、どういたしまして。ヒイロが喜んでくれるなら、私もうれしい。ただそれだけのことですわ」

自分たちでも不思議になるくらい素直な言葉が口をついて出てくる。

事後の甘やかな雰囲気の中、二人はくすぐったそうに笑い合う。

エッチをする前には、エッチが、こんなにも互いを近づける手段になりうるとは、思ってもみなかった。

「なんだか……ラーミスの言うことって当たってるのかも……エッチって……究極の回復魔法なのかもしれない……」

「ええ……冗談から出たまこと……ですわね。まさか、これほどまでとは……」

「っ!?　じょ、冗談だったのか！」

「冗談というか口実というか建前というか？　そんなものですわ」

「………」

にっこりと微笑みながら、さらりと腹黒なことを口にする賢者にヒイロは苦笑する。

「……本当は……ものすごく迷ったんですの。ヒイロと一線を越えてしまうこと。取り返しのつかないことになるんじゃないかって……」

ふっと真顔になると、ラーミスがヒイロに打ち明けてきた。

「でも、今は後悔していませんわ。前よりも、もっとずっと……ヒイロのことがいとおしく思えますもの」

「ラーミス……」

「ヒイロはいつだって他の人たちのために頑張りすぎなんですもの。勇者ってだけで、いろんな人が助けを求めてやってくる。中には勇者を便利屋かなんかと勘違いしている人たちだっている……正直、何度ブチ切れそうになったことかしれませんわ」

「ははっ、便利屋かぁ。あながち間違っていないかも」

のほほんとした笑顔を浮かべるヒイロに、ラーミスが声を荒げる。

「もう、笑い事じゃありませんのよ？　便利屋といっても、報酬の発生しないボランティアなんですもの。勇者なんて……つくづく因果な肩書きですわ……」

「僕のために怒ってくれてありがとう」

「……ヒイロが怒らないから、私が代わりに怒ってさしあげているだけですわ！　ホントに貴方ってお人よしすぎなんですもの。世の中は、貴方が思っている以上に汚くて醜いというのに……大体、まだ年端のいかない少年に『世界を救ってくれ』なんて無茶ぶりする王様だってありえませんもの！」

「ううーん、僕は昔からそういうのよくわからないんだよな……ただ人の役に立てるのがうれしいってだけなんだけど……」

困ったようにこぼすヒイロに、ラーミスのまなじりが下がる。

「……そういう貴方だからこそ、私くらいはヒイロを癒す存在になりたい。ただそれだけですの……だから、私には遠慮なく甘えて」

「うん、そうする。ありがとう……ラーミス」

屈託のないヒイロの笑顔に、ラーミスの胸がきゅんっと締めつけられた。

「――あぁ、ヒイロ、可愛すぎますわ。可愛すぎ……クンカクンカしてペロペロ苛めて独り占めしたい……」

「え？　ラーミス、何か言った？」

「いえ！　た、ただの独り言ですわっ！」

「そっか」

「ちゃんとわかってますもの。勇者は『みんなの勇者』だってことくらい」

ラーミスは、ヒイロには聞こえないように呟いた。

「それにしても……裸エプロンって……すごい威力なんだなぁ……アブナイ水着より

も、もっとアブナイっていうか……駄目だってわかってるのに……止まらないっていうか……止まれないし……」

ヒイロがため息をつきながらラーミスの膣内から肉栓を抜くと、大量の白濁液が草へと滴り落ちていった。

「あ、ンンッ!?」

身体の奥から肉棒を引き抜かれる瞬間、ラーミスの唇から甘い声が洩れた。

「あぁ……ヒイロの匂い……ものすごくエッチですわ……」

草の青っぽい匂いと、精液の濃厚な匂いとが混ざり合い、ラーミスはうっとりとした表情で深呼吸を繰り返す。

「うぅ、そ、そういうこと言わないでよ。恥ずかしい……」

「ふふ、恥ずかしがるヒイロも可愛いですわ♥」

ヒイロの頬にキスをすると、ラーミスは彼の耳元に囁いた。

「……もしも、ヒイロが望むなら、私、ずっとこの装備のままでもいいですわよ?」

「いやいやいやいやっ！　そんなの、僕が戦いどころじゃなくなるしっ！」

「ふふふっ、勇者が戦えなくなるというのは、困りますわね」

いたずらっぽい微笑みを浮かべると、ラーミスが小さく舌を出してみせる。

大人の成熟した身体とは対照的な子供っぽい仕草にヒイロの胸が熱く疼く。

（……僕は……ラーミスのことが好きなのかな……）

ぼんやりとそんなことを考えながら、ヒイロはラーミスのおっぱいに顔を埋めた。

香水と汗とラーミス自身の甘い香りがブレンドされて、ヒイロの胸にしみこんでいく。

自分でも驚くほど心が凪ぎ、ヒイロは泣きたいような想いに駆られる。

「あらあら、どうしましたの？　甘えん坊さんですわね？」

ラーミスがヒイロの頭を優しく撫でた。

「うん、もうちょっとこうしていていいかな？　なんだか、こうしてると……すごく気持ちよくて……落ち着くんだ……」

「いくらでもどうぞ」

「はぁ……こんなの初めて知った……もっと早く……僕が子供だった頃に出会えていたらよかったのに……」

「……甘えられる人が……いなかったんですのね」

「うん、物心ついたときから、勇者としての英才教育？　なんか、そんなの詰めこまれまくってたし。でも、それが当然だったから、あの頃の僕はこういう気持ちが欲しかったのかもっていまさら気づいたよ」

「………」

いつもと変わらないのんびりとしたヒイロの口調が、かえってラーミスの胸を抉る。

「珍しいですわね……勇者が自分の過去を語るのって……」

「あまりいい思い出もないしね……語るほどのこともなかったから……。毎日、勉強、魔法の特訓、鍛錬。少しでもさぼったりなんかしたら教育的指導。その繰り返しだったし」

「……そう……だったの……」

「ん、ラーミス、どうかした？」

「い、いえ……なんでもありませんわ……」

険しい顔をして、ラーミスは何やら考えこんでしまう。

ヒイロはラーミスのおっぱいに顔を埋めたまま、頬ずりをして、柔らかな感触をぱふぱふっと楽しむことに夢中になる。

しばらくして、ラーミスが独り言のように呟いた。

「……生まれながらの勇者なんて本当に存在するのか半信半疑だったけど……ヒイロ、貴方は、もしかしたら勇者となるべく……」

なぜか、言葉を中断してしまったラーミスの顔をヒイロが不思議そうに見上げる。

「んんん？　ラーミス、何？」

「いえ……なんでもありませんわ……賢者が、まだ確信が持てないことを軽々しく口にすべきではありませんわね」

意味深なラーミスの言葉にしきりに首を傾げながら、ヒイロが大きなあくびをした。

「ふぁ……なんだか眠く……なってきた……」

「たまにはお昼寝も悪くありませんわ」

そう言うと、ラーミスがその場に足を斜めにくずして座り、ヒイロの頭をむっちりとした膝の上へとのせた。

生まれて初めての膝枕にヒイロの胸が躍る。

「うわ、これも……気持ちいいなー」

目を閉じて、ふはーっと心地よさそうなため息を洩らした。

「世の中には、もっともっと気持ちいいことも楽しいこともありますわ」

「そっかー……戦いが終わったら、僕でも楽しめるかなー？」

「ええ、必ず……一緒に楽しみましょう」

ラーミスがヒイロの額を撫でながら、なんとも言えない複雑な表情を浮かべる。

「ラーミス？」

ヒイロが目を開けると、エプロンの腕ぐりから剝き出しになったラーミスの大きなおっぱいがどーんと目に飛びこんできて、そのあまりもの迫力に慌てて目を閉じた。

おっぱいの向こう側のラーミスの切なげな表情に気づく余裕はない。

ついさっきまで眠くてたまらなかったはずなのに、一気に目が醒めてしまう。

「あの……ラーミス、ごめ……胸しまって……目、開けない……」

「あら？　見てもいいんですのよ？」

「だって、そんなの見てたら……またしたくなって……」

「それも大歓迎ですわ」

「ううぅううう……」

何をどう言っても、ラーミスのほうが上手《うわて》で、ヒイロにはまったくと言っていいほど太刀打ちできない。

年齢が十も違うのだし、相手は賢者。頭も抜群に切れるため、それも無理はない。

困り果てながらも、まんざらでもないヒイロは、ラーミスの太腿を堪能する。

時折、ドキドキしながら薄目を開き、重力に逆らって誇らしげに聳えるおっぱいの向こう側のラーミスと目が合ったりなんかして、慌てて目を閉じる。

ラーミスは、懸命に寝たフリをするヒイロの額を飽きることなく撫で続けていた。

賢者のあまりにも刺激的すぎる膝枕に、このままおっぱいを下から鷲づかみにしたらどうなるんだろうだとか、膝枕にうつぶせになってデルタ地帯に顔を埋めたらどんな匂いがするんだろうだとか、ヒイロのエロい好奇心は暴走寸前だった。

が、ひとしきりあれこれ煩悶しきった後に、再び強い眠気に襲われる。

寝たフリから出たまこと。ヒイロは、深い眠りへと落ちていった。


「っくしゅ！」

ひんやりとした空気に身震いしてくしゃみをすると同時に、ヒイロは目を開けた。

しばらくの間、ぼーっとしていたが、だんだんと頭がはっきりしてきて、そこでようやくハッと我に返る。

「っ⁉　ヤバっ⁉　うわ、もう真っ暗だし！　いつの間にか寝ちゃってた⁉」

弾かれたバネのように身体を起こすと、むにゅんとした弾力が顔面を覆った。

「うわっ⁉　な、なんだコレっ⁉」

ヒイロが慌てふためきながら、顔を覆う柔らかなものを握りしめると、「はンぁ……」というラーミスの甘い声が聞こえてくる。

「……っ！」

ヒイロは、ラーミスの剝き出しのおっぱいを両手で鷲づかみにしていた。

つい、手の平をグーパーして、弾力を堪能してしまう。

「ン……ンぅ……あぁ……」

ラーミスの悩ましげな声がヒイロの牡を刺激してくる。

「って、駄目だ駄目だ駄目だ……今はこんなことしている場合じゃない……」

名残惜しそうにおっぱいから手を引き剝がすと、ヒイロは目だけを動かして辺りの様子を窺う。

辺りはすでに真っ暗で、奇妙なほど静まり返っている。

こんな危険な森で、魔物除けの火も焚かずに寝入っていたなんて迂闊だった。

まあ、もっとも、魔物が近くまでくれば、ヒイロの剣が危険を知らせてくれるので、いざというときにはなんとかはなるだろうが、危険なことには違いない。

ヒイロは、膝枕をしてくれたまま、規則正しい寝息を立てているラーミスを起こさないように十分注意して身体を起こした。

「メル……まだ戻ってきてないのか？」

ヒイロはベルトに提げた懐中時計を確認して顔を曇らせる。

いつも夕飯をとるのは七刻で、大体六刻くらいから、メルは夕飯の準備にとりかかり、ヒイロたちは野営用の簡易テントを張る。

だが、もうすぐ七刻になるというのに、メルの姿はどこにもない。

「……よっぽど、ストレス溜まってたのかな」

なんだか嫌な予感がして、ヒイロは顔を曇らせた。

メルは、基本的に大雑把な性格ではあるが、結構、律義で堅いところもあるため、時間はきっちりと守るほうだ。

　ヒイロたちに無断でどこかに姿をくらませるということは考えられない。

「……メル……何かあったんだろうか……」

　不吉な胸騒ぎに急かされながら、ヒイロは枯れ枝を集めると、火を焚いた。

　辺りが優しいオレンジ色の火で照らされると同時に、魔王が茂みの中から元気いっぱい飛び出してきた。

「ごはん、ごはん、ごはん！　余はお腹がペコペコぞ！　熊シチューはまだかっ⁉」

　尻尾をちぎれんばかりに振ってくる駄犬のような魔王の登場に、ほんのわずかにヒイロの不安が紛れる。

「ごめん、魔王。ごはんはまだなんだ。メルがまだ帰ってきてなくて。森のどこかでメルの姿を見なかった？」

「むぅ？　いや……見てはいないが……何かあったのか？」

「ちょっと……ストレスたまってたみたいで、気晴らしに狩りに行ってくるってでかけたきり戻ってきてなくて……」

「むぅう、狩りなんぞしなくても、何か欲しい食材があれば、余がいくらでも狩ってきてやるというのに。この森は我が庭のようなものなのだし……メルのヤツ、みずくさいな」

憮然とした顔で腕組みをした魔王に、ヒイロは尋ねた。

「とりあえず、メルが行きそうな場所って心当たりある？　僕、捜しにいってくる」

「ううーむ、メルが何を求めているかにもよる――熊なら北の毒沼だし、うまい川魚ならイビル滝か、ブラッド川だし」

「……今日の献立は、今朝、魔王が獲ってきてくれた殺戮熊を使ったものなんだろうけど、肝心のメニューまでは聞いてなくって」

「ふむ……殺戮熊に合うものといえば、紫蜂蜜か……毒を相殺し、熊肉を無毒化する上に肉が柔らかくなる」

「紫蜂って、確か、猛毒を持つ巨大蜂だったっけ？　なんの毒かは忘れたけど」

「余も詳しくは知らぬ。余には毒は効かぬのでな。いちいち覚えるまでもないのだ」

魔王がえへんと胸を張って得意そうに言った。

「へえ、毒が効かないなんてすごいな。本物の魔王みたいだ」

「だから、本物だと何度も言っているだろう!?」

「で、紫蜂は森のどの辺に出るんだ？」

勇者に軽くスルーされ、魔王はムッとしながらも彼の質問に答えた。

「――あいつらはわりとあちこちに巣をつくるから、場所までは特定はできぬ。あいつらの好物、紫スミレが咲き乱れている場所を手辺り次第に捜すほかない」

「そうか！　よし、わかった！　それじゃ東のほうから捜してみる！」

「うむ、では、余は西から捜すとしよう」

「……えっ？」

　当然のように協力を買って出た魔王に、ヒイロは驚きを隠せない。

「なんだ？　なぜ驚く!?」

「いや、捜すの手伝ってくれるんだ？」

「勘違いするな！　断じて勇者、おまえのためなどではない。このままだと空腹で死んでしまう！　今夜はすっかり熊シチューの気分なのだ！　今さら他のモノで済ませるとか無理無理無理なだけだ！」

「そっか。そうだな——メルのシチューは絶品だしな」

　相変わらず素直じゃないなと苦笑する勇者だが、魔王の気持ちがうれしい。

「ありがとう、魔王」

「うむ、くるしゅうない……」

　そのとき初めて、ヒイロは、自分の肩越しに、やたら何かをチラチラ盗み見ている魔王に気がついた。

　次の瞬間、頭のてっぺんから冷水を浴びせられた心地になる。

（ヤバっ!?　そうだった……ラーミス、裸エプロンのままだった……）

なんとごまかしたものか、めちゃくちゃ焦りに焦りまくる。

そんなヒイロに、魔王がじぃーっと疑惑の目を向けた。

そのあからさまに不審者を見る目つきに、ヒイロの焦りは加速する。

このままでは、変態勇者の立ち位置を不動のものにしてしまう。それはマズイ。

「はは、あれは……その……ラーミス、ね、寝相がものすごく悪いんだ」

「ふーん？」

魔王の赤い目は、ミステリアスな輝きを宿していて、なんでも見透かされてしまいそうな気になってしまう。

「まあ、そういうことにしておいてやろう。変態勇者め」

「…………」

長い沈黙の後、結局、変態勇者呼ばわりされ、ヒイロはがくりとうなだれる。

「では——メルを見つけ次第、空に一発、閃光魔法《ライトニング》を放って、場所を知らせ合おう。閃光魔法くらい使えるな？」

「うん」

「どっちが早くメルを見つけるか競争だっ！」

好戦的な笑みを浮かべると、魔王は飛行魔法《フライング》を唱えた。

全身が紫色の光に包みこまれたかと思うと、ドレスの裾がふわりと風をはらむ。

次の瞬間、彼女は大空高くに舞い上がっていた。

「……紫の縞々」

無意識のうちに、そんな言葉がヒイロの口をついて出てきた。

魔王の地獄耳がそれを聞き逃すはずもない。

「見るなっ！　変態勇者っ！　もう殺す、絶対殺す！　ホント殺す！　死刑！」

光弾魔法《ライトニングボール》が、魔王の周囲に五つも浮かび上がる。

「や、ヤバ……」

慌ててヒイロが盾を構えると同時に、魔王が身体を翻しざま、人差し指を指揮棒《タクト》のように操った後、ヒイロを指差した。

光弾が凄まじい勢いでヒイロへと襲いかかる。

「っくっ!?」

勇者のみが装備できるといういわれのある伝説の盾は、抜群の魔法防御力を誇る。

魔王の放った光弾を次々と跳ね返すものの、その衝撃にヒイロは膝をついてしまう。

膝をついたまま、ヒイロは十メートルは軽く後ろへと押されてしまい、障害物となった木々は見るも無残に折れてしまった。

（なんて力だ……今の、まったく本気出していないんだよな!?　魔王にとってはじゃれているようなもので。エセ魔王ってラーミスは言ってたけど……本当にエセなのか？）

　空中であっかんべーっと舌を出してみせる魔王にヒイロは戦慄する。

「そうそう、念のため、熊の爪、忘れぬように持っていくんだぞ！　もしも、メルが蜂にやられていた場合、毒の中和に必要となる」

「あ、う、うん。ありがとう」

「うっかり自分を刺して死ねばいい」

「………………」

「では、一週間分のデザート、おまえのモノは俺のモノ権を賭けて――いざ、勝負！」

「え……っちょ!?　か、勝手に決め……」

　ヒイロが異論を唱える間もなく、魔王の姿はその場から忽然と消えていた。

「……まったく、せっかちすぎだし、俺様すぎだし……」

　呆れた風に呟くヒイロだが、その顔には喜色が滲み出ている。

　どんなピンチの時にも、こんな風にトコトン前向きで、笑い飛ばしていたかつての幼なじみを思い出す。

　負けず嫌いな少女で、何かと勝負を挑まれたことを懐かしく思い出す。

「――よし、そうと決まれば、負けないからな！」

　気合いを入れると、勇者は熊の爪をとりに、焚き火の傍へと駆け出した。

そこには、ようやく目を醒ましたラーミスが、ぼんやりとした表情で「……な、なんですの!?　一体、なんの騒ぎですの？」と首をしきりに傾げていた。

ヒイロは、低血圧で寝起きが最悪なラーミスに手短に事情を説明し、その後、二手に分かれてメルの捜索を開始した。

ヒイロは森の東、ラーミスは南を捜すことになった。

「メルーッ!?　どこだーっ!?　メルーッ！」

森の東にて、ヒイロは、勇者の証である額飾りの宝珠に灯火魔法《ランタン》をかけ、周囲を照らし出しながらメルを捜していた。

声の限りにメルの名を呼びながら、目を皿のようにして紫スミレの花畑を捜すが、そう簡単には見つかりそうもない。

夜の森は、深い闇に包まれており、ただ歩くだけでも、樹木の根などに足をとられてしまい、移動にやたら時間をとられる。

加えて、夜行性の魔族は凶暴きわまりない。

ゆえに、冒険者たちは、基本的に夜の移動や探検を避ける。

刻一刻と夜が深まっていき、凶悪な魔物が目を醒ましていく。

いかにメルが高レベルの戦士とはいえども、夜が刻一刻と深まっていくにつれ、ヒイロの胸にのしかかった鉛のような不安はその重さを増していく。

不吉な既視感《デジャヴ》に、ヒイロは身震いする。

「メル……大丈夫だよね？　ルーみたいに、いきなりいなくなったりしないよね？」

冒険者という稼業は、常に危険と隣り合わせ。

ずっと一緒に冒険していた仲間との突然の別れだって珍しくはない。

些細なミスが取り返しのつかない事故をも起こしかねない。

あのときもそうだった。

難攻不落と噂高いダンジョン。

念入りに準備を進め、注意深く攻略したにもかかわらず、帰り道で事故が起きた。

ダンジョンを攻略した直後で、ホッとして気が緩んでいたことは否めない。

普段なら、けしてかからないような罠にひっかかってしまい——気がつけば、周囲を凶悪な魔物たちが埋め尽くしていた。

全員、ダンジョンを攻略する際に持てる力をすべて出しきって消耗していた。

魔力は尽き、回復アイテムも底を尽いていた。

しかし、そんな絶体絶命のピンチにも、気丈な微笑みを浮かべて、みんなを鼓舞していたルーの勇ましい姿をヒイロは思い出す。

（もうあんな想いは二度としない。仲間は絶対に護りぬくって誓ったのに――仲間を護れなくて、何が勇者だ！　世界なんて救えるはずがない！）

メルに万が一のことがあったらと考えただけで、鼻の奥がツンと痛くなり、目には涙の膜が張り、視界がぼやける。

気がつけば、ヒイロは茨の生い茂る道をがむしゃらにすすんでいた。

マントや衣服がボロボロに裂け、茨の棘が手足に傷をつけていくが、そんなことに構う余裕は一切ない。

やがて、茨の壁がヒイロの眼前に現れた。

まるで侵入者を阻むかのように茨は幾重にも絡み合い、ヒイロの行く手を塞ぐ。

ヒイロは剣を抜くと、気合もろとも茨の壁を断ち切った。

「っ!?」

果たして、茨の壁の向こう側には、ぽっかりと開けた空間があり、月明かりに照らし出された花畑が広がっていた。

ラベンダー色の花の絨毯は幻想的で、ヒイロは言葉を失う。

が、花畑の中央付近にメルが倒れ伏しているのを見つけ、全身の血が凍った。

「メルッ！　見つけた！　大丈夫!?」

ヒイロが、メルに駆け寄ろうとした瞬間、メルがゆっくりと身体を起こした。

うなだれているため、その表情まではわからないが、メルの無事を確信し、ヒイロの胸が躍る。

「よかった！　メル、無事だったんだねっ！」

「…………」

まだ意識がはっきりしていないのだろうか？

メルはヒイロの呼びかけには応じない。

得体の知れない違和感を覚え、ヒイロが足を止めた次の瞬間、メルの全身から身も凍るような殺気が迸る。

「うあ、あぁあぁああああああああっ！」

メルの咆哮が静寂を破った。

大剣が唸りを上げて空を斬り、その切っ先が弧を描いて、ヒイロの胴部を一刀両断しにかかる。

「っ!?」

ヒイロは反射的にバックステップでメルの一撃をかわしたが、間髪いれずにメルが追撃にかかる。

「はぁああぁああぁあああぁあああああぁああっ！」

メルは、大剣を軽々と左右に切り返しながら、ヒイロの頭部めがけてがむしゃらに振り下ろす。

ヒイロが盾を構えて、かろうじてメルの剣を受け流すが、凄まじいスピードと威力に手が痺れ、盾を取り落としてしまいそうになる。

「っく!?　メルッ!?　やめるんだ！　なんでこんなことっ！」

メルの目を見据えて、ヒイロが問いかけようとした。

だが、彼女の目は、紫色の妖しげな光を宿し、殺意と狂気に塗りつぶされていた。

正気じゃない者の目は、見ている側すら狂気の淵に引きずりこみかねないもので、正視できたものではない。

しかし、ヒイロはメルから目を逸らさなかった。

（これって……魔王が言ってた毒のせい？　メルは紫蜂に刺されたのか!?）

メルの眉間に、何かに刺されたような紫色の痕を認め、ヒイロは、おぼろげにではあるが、メルの身に何が起きたか察した。

毒にもさまざまな種類があるが、神経毒の類には、人の思考能力を奪い、狂わせるようなものもあったはず。

だとしたら、狂戦士《バーサーカー》と化したメルの謎も解ける。

（なんとかメルを静めて……毒を中和しないと……）

とはいえ、相手が悪すぎる。

毒を中和するには、殺戮熊の爪をメルに刺すしかない。

が、メルの猛攻をかろうじて防ぐので精いっぱいで、反撃の余地はない。

それもそのはず。剣の腕前だけでいえば、騎士の家系に生まれ、いずれは騎士をめざすべく、幼い頃から剣術に特化して鍛えられていたメルのほうがヒイロの実力をはるかに上回るのだから——

(応援を頼もうにも、閃光魔法って発動までに結構時間がかかるし……詠唱中断されてしまうのがオチだし……一体どうしたらいいんだ……)

メルの連撃を受け流しながら、ヒイロは必死に考える。

少し反応が遅れてしまうたびに、手入れの行き届いた刃がヒイロへと傷を負わせ、確実に体力を奪っていく。

(……メルの弱点は……何かなかったっけか……)

と、そのとき、突如、ヒイロの脳裏に、ラーミスにねちっこくからかわれていたメルの姿がフラッシュバックした。

「——そうか！　これだっ！」

一か八か、ヒイロは試しに、はるか昔に覚えておいたとある魔法を使ってみた。

「——茨よ、我が命に応じよっ！　緊縛淫魔法《エロバインド》！」

ヒイロが鋭い声で叫ぶと、さっきヒイロの進路を阻んでいた茨が、まるで蛇のように蠢き始めた。

かと思うと、茨はメルに狙いを定め、彼女の手足へといやらしく絡みついていく。

たちまちのうちに、メルは茨に手足の自由を奪われ、それどころか、いやらしく緊縛されてしまった。

「あぁっ⁉　や……ン……はぁはぁ……あぁ……」

茨そのものは、メルが全力で抗えば簡単に切れてしまいそうなほど、頼りないものではあるが、人一倍感じやすいメルは、いやらしく身体を緊縛してくる茨に甘く鋭く反応してしまう。

（うわっ⁉　この魔法、マジで効くとかっ⁉）

魔法を使ったヒイロ自身が、その効果に一番驚いていた。

なんせ、淫魔法は、エッチな雑誌の特集として取り上げられることが多く、本当に効き目があるのかどうかすら定かではないエロ＆ネタ魔法。

見出しには、「淫魔法で彼女のおま×こをトロトロに♥」だとか、「淫魔法でマンネリエッチを打破！」だとか、いかにもうさんくさい安っぽい文字列が躍る。

当然、読者も半信半疑、「うっかり少しでも効いたらいいなー」くらいにしか期待していないものなのだ。

予想外の効き目にヒイロは驚きを隠せない。

(……すご……エッチだ)

せっかくメルの猛攻を防ぐことに成功したというのに、ヒイロは次の手を打つのも忘れて彼女の痴態に見入っていた。

茨は、メルのFカップの乳房をそれぞれぎゅっと搾り出すように縛め、股間へと深く食いこんでいる。

メルは、胸を前に突き出し、両手を後ろに引っ張られるような形で固定され、しなやかな筋肉を持つ肉感的な足はV字に開脚されていた。

物心ついたときから、ひそかに愛読しているエッチな雑誌のセクシーな挿絵をはるかに凌駕するメルの緊縛姿は、ヒイロにはあまりにも刺激が強すぎた。

しかも、エッチな茨に反応して、メルが身を切なげに捩ってもがくたび、茨はよりいっそうメルの身体をいやらしく締め上げていく。

おっぱいに茨が食いこみ、白い柔肉が今にも胸鎧からはちきれんばかりにいびつに盛り上がってしまっている。

「う、っく……あぁ……や、あぁ……ンンンッ」

苦しそうに眉根を寄せるメルが色っぽすぎて、ヒイロはよからぬ妄想をしてしまう。

普段のサバサバした態度とは対照的で、エロさが際立っている。

メルを捜しに来る前にラーミスとエッチをしてしまったこともあってか、ヒイロのペニスはそんなほんのわずかな刺激にも反応してしまう。

いやらしく緊縛されたメルに襲いかかりたい。

今にも暴走寸前な本能を抑えこむのに必死になる。

「って……ンなことしている場合じゃないっ！　毒、中和しないと！」

ギリギリのところで我に返ったヒイロが、ベルトに提げた革バッグから注意深く熊の爪を取り出して、メルの腕に軽く刺してみた。

「っ!?」

刹那、メルはビクンッと全身をしならせて、身体を硬直させる。

「はぁはぁ、あ、あぁぁあああっ！」

メルの半開きになった唇から悩ましい嬌声が紡がれ、ヒイロの下腹部に全身の血が集まり、カッと熱を帯びた。

全身をわななかせながら、ぎゅっと目を瞑るメルは、まるでオーガズムを迎えたかのようにも見え、ヒイロはいろいろ勘違いしてしまいそうになる。

（違う……仲間《メル》をそういう目で見るなんて。最低だ……ラーミスはともかくとしてメルもだなんて……）

胸の内で自分を叱咤するが、身体の奥から沸々とこみ上げてくる劣情まではなかなか制御しきれない。

「ン……あっ、ヒイ……ロ？」

　やがて、うっすら開いたメルの目からは紫色の光が消えていた。

「あぁ、よかった……メル、正気に戻ったんだね？　大丈夫？」

「……よく、わからないけど……なんか、身体が熱くて……変な感じ……一体、何がどうなってるの？」

　とろんとした表情で、メルがゆっくりと視線を周囲に泳がせる。

　しばらくの間、状況を呑みこめていないようだった。

　が、ハッと我に返るや否や、悲鳴を上げる。

「きゃぁあっ!?　いやぁあぁあ！　何!?　コレっ!?　なんで、あたしこんな格好で縛られてるのっ!?　や、いやいやいやぁっ！　み、見ないでっ！」

「う、うん、わかった！」

　慌てて顔を覆うヒイロだが、つい指の隙間からメルの様子を盗み見てしまう。

「あぁ、ヒイロ……コレ、なんとか……して……こんな恥ずかしい姿……ヒイロに見られてしまうなんて」

「えっと、待って……この魔法って解除するの、どうすればいいんだっけか……」

　ヒイロがエッチな本の特集を必死に思い出そうとする。

　しかし、その間にも、茨はメルの乳房をさらに強く縛り上げていき、ついにはちきれんばかりに膨らんだおっぱいのせいで胸鎧を固定していた留め金が弾け飛んでしまった。

「っきゃぁっ！　いやぁあぁあああああぁっ！」

大きなおっぱいが胸鎧から飛び出し、ぶるぶるっと上下に激しく揺れ、メルは半狂乱になって悲鳴を上げる。

「やだやだやだっ！　いやぁ……見ないでっ！　見ないでぇえええ！」

胸を手で覆い隠したいのに、茨に自由を奪われているため、それすらかなわない。

メルが羞恥に悶えれば悶えるほど、かえっておっぱいはたゆんたゆんっと悩ましげに揺れてしまう。

「……あぁ、ンッ……やぁあぁ、こんなの……恥ずかしすぎ……て、死にそ……う」

「見てない。見てないから……おとなしくしてて……」

ヒイロが、あさっての方向を睨みつけながら、注意深く剣を操って、メルを縛めている茨を断ち切ろうとする。

しかし、細い茨なのに、なぜか切ることができない。

「……うう、簡単に切れそうなのに……切れない。なんでだ？」

四苦八苦するヒイロだったが、そこでようやく淫魔法の解除方法を思い出した。

「……まずいな……どうしよう」

「ど、どうしたの？」

「いや、この茨の解除方法思い出したんだけど……」

「どうすればいいの!?　おねがい……なんとかして！」

「それが……その……拘束した相手を……深くイかせなくちゃならないみたいで」

「っ!?　行くってどこに？　身動きすらできないのに？」

「そういう意味じゃなくて……えっと……」

　そういった方面には疎いメルにどう説明したものか、ヒイロは激しく迷う。

「……その、ものすごく気持ちよくなることを『イク』って言うんだけど」

「じゃあ、それでお願い！」

「ううう……でも、いいの？　今よりもっと恥ずかしいことになるけど……」

「だって、仕方ないじゃない。それしか手段がないなら……」

　顔をくしゃくしゃにしながら、メルがヒイロに懇願してくる。

　こんなに必死にお願いされては、男として無碍《むげ》に断る訳にはいかない。

「そ、そっか。わかった。それじゃ……する、ね……なるべく早くメルがイけるようにするから……」

　ヒイロはそう言うと、緊縛されたメルの前に両膝をついた。

「っ!?」

足の付け根にヒイロの息を感じ、メルの鍛え抜かれた身体が、緊張に引き締まる。

（もっと恥ずかしくて……ものすごく気持ちよくなるって。ヒイロ、あたしに何をするつもりなの？）

不安と期待とが、メルの胸を交互に交錯する。

ヒイロの指がメルのショーツの股布へと差しこまれた瞬間、メルの羞恥の針が一気に振りきれた。

「えっ!?　っちょっと、ま、待ってっ!?　そ、そんなとこ、見ちゃう……のっ!?　そ、それはさすがに……ど、どうなの!?」

「ごめ……でも、こうするのが一番早く済むと思うから……」

「むぅう……そ、そうなんだ……」

「うん……」

二人の間に気まずい沈黙が漂う。

しばらく、あーとかうーとか呻きながら、煩悶していたメルだったが、このまま迷っていてもどうにもならないと悟り、渋々頷いてみせた。

「わ、わかったわ……ヒイロを信じて……全部任せるから……ヒイロが一番いいと思う方法でお願い……」

「わかった。任せて——」

メルの切羽詰まった声に促され、ヒイロはショーツの股布を片側へと寄せた。

甘酸っぱい香りがヒイロの鼻をつき、濡れた花弁が姿を現した。

花弁から、とろみのついた蜜が、つぅっと花畑へと吸いこまれていく。

「あぁああ……やぁぁああぁ……」

誰にも見せたことのない、自分ですら見たことのない秘部を仲間に見られてしまい、メルは生きた心地がしない。

エッチな蜜が漏れ出てしまわないように、膣に力を入れるも、かえってさらなる蜜が奥のほうから搾り出されてしまう。

それがいっそうメルの羞恥心を煽る。

(すご……エッチだ……ここってこんな風になってるんだ……)

一方、ヒイロはドキドキしながらおま×こをガン見していた。

こんなにもじっくりおま×こを見るのは初めてだった。

ラーミスとするときも、じっくり観察する余裕はなかった。

ひっきりなしに涎を流しつづけ、ひくひくと蠢く陰唇を見ているだけで、この奥に半身をねじこみたいという衝動に駆られる。

「っや、あ、あぁああ……そんなに……見ない……で……きれいじゃ……ないもの」

「ううん、メルのおま×こ……すっごく可愛い……生きてるみたい」

「いやぁっ!?　何、そ、それ……そんな言葉知らないし……」

「おま×こっていうのは、メルのここのことを言うんだ……」

ヒイロが、メルにいやらしいレクチャーをしながら、指でクレヴァスを広げてみた。

花弁の奥からは、ドキリとするほど真っ赤な粘膜がのぞき、武者ぶるいする。

「いやぁ！　お、奥まで……見るなんて……そんなとこ、誰にも見せたことないのに。だ、駄目ぇぇ」

「すごくきれいだ……真っ赤で、ひくひくしてて。エッチな露がどんどん溢れてくるよ……」

「っ!?　そんなこと、い、言わない……で。あぁ……恥ずかし……いの……に……」

ヒイロの言葉に羞恥を煽られ、メルは今にも消え入りそうな声で呟いた。

死ぬほど恥ずかしがるメルに触発され、ヒイロはワレメに直接口をつけたかと思うと、わざとじゅるりといやらしい音をたてて甘露をすすり上げる。

「きゃぁああぁああああぁああンっ！」

メルの鋭いイキ声が、静かな森に響きわたった。

「つきゃ！　あぁっ、ンぁっ、や……き、汚い……あ、汗、いっぱいかいたし……いやぁあぁっ。や、やめ……そ、そんなことまで……する……なんて……ンンぁっ！　お願いだから！　そんなトコ、ペロペロしないでっ！　やぁあああンッ！」

ヒイロの舌から逃れようと、メルは腰に力をこめるが、かえって悩ましく前後に揺
れるだけ。

メルの意図していない挑発にそそられ、ヒイロは彼女の腰を抱えこむと、舌をワレ
メの奥へとねじこんだ。

甘酸っぱい濃厚な香りが強くなり、ヴァギナにねじこんだ舌は燃えるように熱い。

子猫が皿に入ったミルクを舐めるときのような水音が、メルをよりいっそう追い詰
めていく。

「や、音……駄目ぇっ……ンぁああっ!? はぁはぁ……奥から何か……熱いの来ちゃう。あぁああっ、やぁ、あぁぁああんっ。やめて……ぇ……」

女性の甘ったるい声での「ノー」は「イエス」という意味。

ラーミスとのエッチでそう学んだヒイロは、臆することなく、一番敏感な肉真珠へとしゃぶりついた。

感度の塊を吸われた途端――

「きゃぁあぁああっ！ やぁああっ!? 何それッ!? や、や、やぁ、おかしっ、あぁあ、出るっ！ 何か……あぁ、出ちゃうっ！ ぁぁあああぁあっ！」

想像だにしなかった快感がスパークし、メルは腰をガクガク痙攣させながら、狂おしいイキ声で絶叫した。

子宮の奥のほうで快感の渦が弾け、視界が明滅する。

その次の瞬間、膣洞がぎゅっと収縮し、奥のほうから蜜潮鉄砲が勢いよく放たれた。

「うわっ、なんか出てきた！」

当然、それはクンニリングスに没頭していたヒイロの顔に命中してしまう。

「はぁはぁ、今の恥ずかしいの……何!?　あぁ……こんなの初めてで……ワケわからなくなって。おもらし!?　あぁ……そんな……子供じゃないのに！　あぁあああっ！　お願い、いやぁ……ま、また出ちゃう……から……あぁ、ヒイロ！　駄目ぇっ！」

粗相をしてしまった罪悪感にうちひしがれるメルだが、ヒイロが舌先を激しく躍らせ始めたため、再び絶頂の高浪に意識を攫《さら》われてしまう。

「ンンンッ！　あぁあっ、ま、またぁあっ！　出る、出ちゃうっ！　いやぁあ！」

羞恥に狂いながら、メルが強くいきむたびに、ヴァギナが恥ずかしい潮をふき、ヒイロの前髪や顔を濡らす。

いやらしい香りと酸味のあるしょっぱい味を楽しみながら、ヒイロは無我夢中で、舌先で肉真珠を弾きつづける。

「ふあぁっ!?　もう！　もうもうもうっ！　駄目駄目駄目駄目ぇええええっ、何かキてる……あぁああっ、イクってこれ!?　あ、あぁっ」

「っちゅ、じゅる……いっぱいいっぱいいっぱいイってていいよ」

ヒイロに促され、メルの意識が官能一色に塗りつぶされた。

「ひぁあっ！　イクッ！　イっちゃ……うっ！　あああ、いやぁあああ！」

恥ずかしい言葉を喚きながら、大量の潮を噴き出し、メルは深くイってしまう。

腹部の奥が疼き、官能のさざ波が身体のすみずみにまで拡がっていった。

メルの意識が飛んだ瞬間、彼女の身体を縛めていた茨が力を失い、ついに淫魔法は解除された。

「はぁはぁ……よかった……これ、とんでもない魔法だったんだな……くれぐれも使い方には注意しないとなぁ」

メルの緊縛が解けたのを見てヒイロが安堵のため息をついた。

が、それですべてが解決したワケではなかった。

「はぁはぁ……すご……い。イクってこんな……なの……」

意識を取り戻したメルが、とろんとした目でヒイロを見つめてきたのだ。

「う、うん。大丈夫？」

「ううん……あまり大丈夫じゃない……」

「えええ？」

「だって、なんだか……お腹の奥のほうがものすごくジンジンして……まだ毒が残ってるのかも」

メルが引き締まった腹部を見て、物欲しげに指を咥えた。

その何気ない仕草に、ヒイロの心臓が跳ねる。

「えっと……それは、毒じゃないっていうか……自然現象っていうか……」

完全に発情のスイッチが入ってしまった様子のメルに抗える自信がなくて、ヒイロは視線をさまよわせた。

「自然現象？　で、これって……どうしたらいいの？　なんか動悸、息切れがしてる。うちのおばあさまと同じような現象……病気みたい……」

「それは違っ！　激しく違うから、安心して！」

思わず、ヒイロが全力で突っこみをいれるが、それはやぶへびだった。

「じゃあ、ヒイロ……どうにか……して？」

「えええっ!?　どうにかって言われても……それはさすがにまずいよ……」

「どうして？　だって、あたし、こういうこと……今まであまり興味なかったし……そういう話題避けてきたし……なんかけがらわしいって気がして……でも、さっきのは……厳しい鍛錬をし終わった後みたいに……気持ちよかったから……頭の中のもじゃっとしたのが、吹っ飛んだし……」

「……も、もじゃ？」

「うん……魔王のこととか……あと、最近、ラーミスと勇者がなんだか前と違うな。

前よりも仲良くなってるみたいだな……って思うたびに、ちょっと寂しいっていうか、もじゃっとした気持ちになってて……」

「そうだったんだ……ごめん。気付けなくて。リーダーなのに……」

覚えたてのエッチに舞い上がっていて、仲間への配慮ができていなかったと、ヒイロはうなだれてしまう。

「ううん……だから……さっきの続き……して？」

「………」

たぶん、メルは自分がどんなお願いをしているかわかっていない。

だが、しかし、こんな風に「お願い」されてしまえば、無碍にも断れない。

まさかこんなことになるとは――

初めての官能的な体験がメルに火をつけたようだった。

ここまで来たら、もう止められない、止まらないのかもしれない。

迷いに揺れていたヒイロの心が、徐々に固まっていく。

「あたしのほうが年上だけど……そういうことって……なんだかヒイロのほうが……詳しいみたいだし……」

「うっ!?　ま、まあ……確かに」

「どうして……詳しいの？」

「それは……その……」

ラーミスとしているからとは、さすがに言いづらくて、ヒイロは口ごもってしまう。

「エッチな本で研究してるから？」

「っちょ！　な、なんでメルがそれを知って!?」

「……こそこそニヨニヨ読んでたら……さすがに気付くよ……」

「モノスゴクスミマセン……」

ベッドの下に隠しておいたエッチな本を、母親に発見されたとき以来の痛恨のダメージがヒイロに襲いかかる。

「あぁ……奥のほうが……熱くて……何か足りない……の……」

悩ましいため息をつくと、メルが仰向けになり、ショーツの隙間から細い指を差し入れていく。

「ンンッ……あぁ、どうしたら……いいの……」

こんなはしたない姿を誰かに見せるなんて、普通だったらありえないこと。

しかし、さっき深くイかされたことによって、メルは別な意味で狂っていた。

指を奥のほうへと挿入れて、掻き回してみる。

くちゅりという音と、一瞬、腰が浮いてしまうような面映ゆい快感が生まれた。

だが、まだ足りない——もっともっと奥に……何かが欲しい。

本能の渇きと疼きが、メルを苛んでいた。

そんな切なそうなメルの痴態を見ていられなくて、ヒイロはついに彼女の身体へと覆いかぶさった。

「――メル、本当に僕でいいんだ？」

「う、ん……ヒイロでなくちゃ……イヤ……だと思う……ヒイロ以外に、こ、こんなこと頼めないし……」

まるで告白のようなメルの言葉に勇気づけられ、ヒイロはメルのショーツを一思いに脱がした。

そして、自らの半身を露出させ、メルのワレメへとあてがった。

「あっ、ン、熱い……何かあたって……る!?」

「うん……その、僕の……なんだけど」

「えっ!?　ヒイロのっ!?　な、何!?」

「えっと……」

本当にこういったことは何も知らない様子のメルにヒイロはなんと説明したものか、激しく迷う。

メルの無知にかこつけて、ものすごく自分がイケナイことをしようとしているような気がしてならない。

「……その、メルになくて、僕にしかないもの……かな？」

「っ⁉　え、そ、そ、それって……まさか⁉」

ヒイロの遠回しな表現ではあったが、ようやくメルも事の次第に気づいたようだ。

本能的な不安と恐怖が胸にこみ上げてくる。

しかし、同時に下腹部の奥がきゅうっと熱く疼いて、いてもたってもいられない気持ちに駆られる。

両方、本能の仕業なのに相反する気持ちに戸惑いを隠せない。

「えっと、これを奥まで挿入れたら……メルの苦しいのは収まるはずなんだ……だけど、普通は恋人とか夫婦がするような行為で……その、赤ちゃんできちゃうかもしれないとかそういうリスクもあって……だから、メルのことを考えると、僕でいいのかなって」

上ずった声で必死に説明するヒイロに、メルの母性が刺激される。

「そんなに困った風な顔しないで。もう、ヒイロって本当に優しすぎ……」

メルがヒイロの頬を優しく撫でると、柔らかく微笑んで言った。

「ちょっと怖いけど……あたしなら大丈夫だから……ヒイロなら……大丈夫って思える。だから……お願い……」

「……わかった」

ここまで赤裸々に、これからしようとしていることを説明しても、メルの決意は変わらないようだ。

ならば、もう何も迷うことはない。

男としてメルの求めに応じるのみ——

ようやくふっきれたヒイロは、ゆっくりと腰を前に突き出していった。

ぬるぬるの二枚貝へとヒイロの先っぽが食いこんでいく。

「っ!?　う、あっ!?　っく……あぁ……」

メルが身体をのけぞらせると、苦しげな顔をして目を細める。

常に、パーティーの盾として戦ってきたメル。

痛みには慣れてるはずなのに、今まで感じたことのない種の痛みに、半ばパニック状態になってしまう。

「あうっ!?　こ、コレ、ホントにヒイロのっ!?　お、大きすぎ……あ、あぅう」

「ご、ごめん……っていうか、メルのも……すご……締まりすぎ……っつぅ……」

身体を鍛え抜いているメルのおま×この締めつけは、ヒイロの想像以上のものだった。まるで、ペニスを食いちぎらんとするかのよう。

濃厚な前戯によって、たっぷりの蜜で満たされたヴァギナが、ヒイロの半身を貪るように絡みついてくる。

まだ半分しか挿入れていないのに、蜜洞に精を吸い取られてしまいそうになり、ヒイロは焦って腰をがむしゃらに前へと突き進めてしまう。

性急なヒイロの責めに驚いたメルは、反射的にペニスから逃れようと身を捩った。

しかし、ヒイロはメルの片足を掴み、肩へと担ぐと、そのままさらなる奥を目指して、秘裂に肉勃起を穿っていく。

途中、狭くなっている箇所に突き当たって動きが止まるが、まさか挿入れて一分もたたないうちに自分だけイってしまうのはまずすぎる。

男の意地を奮い立たせて、ヒイロは全体重をかけ、肉槍で処女膜を一息に破った。

「きゃ、あ、あぁああああぁああああっ！」

ヒイロのあまりにも性急すぎる挿入に、メルは悲鳴を上げてしまう。

「ご、ごめ……メル……」

「はぁはぁ、う、ううん……だ、大丈夫……。ちょっと驚いた……だけ……」

苦しそうに顔を歪めながらも、メルは気丈に微笑み、なんでもない風を装う。

しかし、その額からは滝のような汗が噴き出し、全身が小刻みに震えている。

メルの身体を力いっぱい抱きしめると、ヒイロは彼女の震えが収まるのを待つ。

その間も、膣壁はさかんに波打ち、ヒイロからザーメンを搾りとろうとする。

「う……ぁ……っく、うぅ……」

ヒイロは、奥歯を噛みしめ、すぐさま腰を思いっきり打ちつけたい衝動を必死に堪えながら、メルの猛攻をやり過ごす。

「……大丈夫？」

「う、うん……心配してくれて……あり、がとう……えへへ、なんか……うれしいな……」

頬を仄かに赤く染め、涙ぐむメルにヒイロの胸が熱くなる。

やがて、メルの震えが止まったのを見計らって、ヒイロは彼女の片方の足を肩に担いだ姿勢のまま、腰を前後に動かし始めた。

期せずして松葉崩しの体位になっているが、ヒイロは気がついていない。

少しでも早くメルの痛みをやわらげたい一心で、今にもはちきれんばかりの肉棒でメルの蜜壺をノックする。

「ふあっ⁉　あ、あぁ、や……ンッ、っふ……ヒイロの……奥に当たって……あぁあ。変な感じ……時々、腰がふわって……なる……と、飛んじゃいそ……あぁ……」

子宮口に亀頭がめりこむたびに、メルの破瓜の痛みは瞬く間に薄らいでいく。

メルの反応の変化に安心したヒイロは、本格的に彼女を征服しにかかる。

上半身を捩っているせいで、へしゃげたメルのおっぱいを鷲づかみにすると、彼女の中のより深くへとペニスを叩きつけた。

「あぁああンっ！　ふ、深っ。深すぎっ、あぁっ、奥……あぁああ、奥ぅ……」

　メルが大きく喘ぎながら、担がれた片足を痙攣させる。

「奥って……ここ？　こんな風にしたらいい？」

　いったん肉棒が抜けてしまうギリギリのところまで腰を引いたかと思うと、ヒイロは勢いよく腰を打ちつけた。

　鈍い衝撃が子宮を震わせ、メルは嬌声を上げる。

「きゃぁあっ！　あぁっ、すご……あぁ、うぁ……ヒイロ……の、すご……い。こんなになる……なんて……きゃぁああぅんっ！」

　太い肉幹が、スクリューのように最奥にねじこまれるたび、メルはしどけない表情で全身をくねらせる。

　ヒイロのピストンの動きに合わせて、呆けた表情になったかと思うと、力いっぱい目を閉じて逼迫した表情を浮かべるメル。

　自分ので感じてくれているんだという実感が、ヒイロの牡をさらに駆り立てる。

「あぁ……メル……もっともっと……感じて。狂って……」

「っあぁああああ！　もう感じてるっ！　とっくに……狂ってる！　あぁ、こんなにエッチなこと……しちゃって……あぁあ、ヒイロッ！　もっと……あああぁ、もっとぉお！」

「うんっ！」

ヒイロが、ピストンの速度をさらに上げると、メルは四肢をわななかせながら、激しく乱れ狂い始めた。

「うぁああっ！　あぁっ！　あぁああっ！　激し……んぁっ！　イクッ！　あぁああ、いっぱいいっぱい……イクっ！　ヒイロの気持ち……よすぎ……こんなはしたないこと、駄目……なのに……あ、あぁああっ、イィッ！　イクッ、イクぅううー！」

生真面目なメルが、あられもないイキ声を上げながら、ひっきりなしにイキ続けるようになってしまった。

感度が抜群なメルの痴態が、ヒイロに牡の醍醐味を味わわせる。

メルが乱れれば乱れるほど、持てる力のすべてを振り絞って、ヒイロはさまざまな角度で腰を打ちつけた。

「きゃぁああっ。あ、も、もう、だ、駄目ぇ……ホント、おかしくなりすぎて……あ、あぁああっ、やぁああぁンっ、あ、あ、あぁああ、またぁ……イクぅううっ！」

「……メル、いっぱい感じてイきまくって！」

「あぁあっ、あ、あたしだけ……駄目……ヒイロも……よくならない……と。あ、あぁああぁあああンッ！」

「僕もすごくいいよ……もうすぐ……イク……」

「う、んっ！　一緒にが……いい。あたしだけじゃなくて……あぁああ、ヒイロも一緒にいっぱい……イって……」

　メルの言葉に応じるかのように、膣壁のうねりが激しくなる。

　何度も絶頂を迎えるたび、括約筋が執拗に肉棒に絡み、ヒイロの半身を外へと追い出そうとする。

　蜜壺の収斂が激しすぎて、ぬろんっと、蜜まみれのグロテスクな肉棒が外へと出てしまうが、ヒイロはすぐにまた綻びへと半身を力いっぱいねじこみ直し続ける。

「はぁはぁっ！　あぁああっ！　ヒイロ！　も、もう……あたし……これ以上は……無理……かも……あぁン」

「安心して。僕ももうすぐ……あ、ああっ！　射精《で》……るっ！　う、あぁああ！」

　ヒイロは、射精直前で腰を引き、ペニスをメルの中から抜こうとしたが、おま×この締めつけが強すぎて、引き抜くのが間に合わなかった。

「うあっ⁉　メル、ご、ご、ごめんっ！」

　謝り倒しながらも、ヒイロは彼女の片足を抱きしめたまま、射精してしまう。

「あぁああっ！　熱……い。いっぱい……あぁ、中に……ンン、あぁああぁ……ヒイロのが……あたしの中にっ……す、すごい……ンンンっ！」

　うわごとのようにいやらしい言葉を紡ぎながら、メルは引き締まった身体をビクビクッと激しく痙攣させた。

下腹部が強く波打ち、括約筋が締まり、おま×こがペニスを引き絞りにかかる。

「う、っく。あ、あぁあっ、す、吸われ……る……う、っくううう」

女壺全体が貪欲なモンスターと化し、半身に執拗に吸いついてきて、ヒイロは奥歯をきつく噛みしめた。

このまま引き抜かれてしまうのではないかというほど、強烈な締めつけに、腰がガクガク震えてしまう。

「うぁっ！　食べられ……る。っく、ううぅう、はぁああぁああ……」

膣壁に凄まじい勢いで絞られながらも、ヒイロは無我夢中で腰をグリグリと動かし、メルの最奥部を亀頭で抉りつづけていた。

「ふぁあぁあっ!?　お、奥ッ!?　な、何、それ……あ、あ、あぁあああンっ！」

子宮口を力任せに刺激されながら、メルは際限なく、深くイキつづける。

下腹部をゴリゴリされるだけで、全身に電流が走り抜けていく。

「う、あぁ……はぁはぁ……ン……ヒイロ……」

長いまつげを震わせながら、メルがヒイロをすがるように見上げていた。

ヒイロは肩を上下させながら、メルの頬を優しく撫でる。

「……メル、もう大丈夫？」

「う、ううぅ……だ、大丈夫だけど……大丈夫……じゃない……」

うわごとのように呟くと、そのままメルはがくりとうなだれてしまう。

ペニスに張りついていたヴァギナが少しだけ緩み、二人のつなぎ目からはいやらしい芳香を放つ淫汁が滴り落ちていった。

「ふぅ……」

辺りがしんっと静まり、ヒイロは滝のように流れ落ちる汗を手の甲で拭う。

自分の下で、あられもない格好でぐったりとしているメルを正視できない。

とはいえ、このままでいるわけにもいかない。

目のやり場に困りながらも、なんとかヒイロは後処理を済ませ、メルの鎧も元通りに付け直して、メルに膝枕をした。

「……ごめん。全然、身体に力が入らなくて。これも毒のせい……なのかな？」

「いや……エッチのせいだから……だから気にしないで」

「……それは無理よ。だって、護らなくちゃならないヒイロに怪我をさせちゃうなんて……盾失格だ。どんな理由があっても……こんなの自分が許せない」

ヒイロを見上げるメルの目が涙で潤む。

常にパーティーの先頭に立ち、皆の盾となることこそが戦士としての誇り。

いずれ騎士となるべく育てられたメルは、人一倍その想いが強い。

「メルは本当に真面目だよね。僕なら大丈夫だから気にしないで。これくらいの怪我なら自分でもすぐに治せるし」

ヒイロが回復魔法《ヒール》を自分にかけ、浅い傷を瞬く間に治してみせるが、メルの表情は晴れない。

「……傷の浅い深いは関係ない。あたしは勇者の盾になるっていう誓いを立てた。その誓いにそむいてしまったことが許せなくて」

「むしろ、僕のほうこそ……なんかもう……いろいろごめん……」

ヒイロが気まずそうに謝った瞬間、メルの頬にぱぁっと朱が散らばる。

ついさっきまでの行為のあれこれを思い出してしまったのだろう。

わかりやすすぎるメルの反応に、ヒイロまでつられて死ぬほど恥ずかしくなる。

二人は顔を真っ赤にして、せわしなく視線を宙にさまよわせた。

「ううん、あたしを助けるためにしてくれたことだもの……気にしないで」

「いや、だけど……やっぱり気にするっていうか。メル、初めてだったみたいだし」

「……それはそう……だけど……ヒイロだったら……あたし……」

「え？」

「な、なんでもないっ！　とにかく！　気にしないでっ！　あ、あのときはああするしかなかったんだから！　し、仕方なかったんだものっ！」

まるで自分に言い聞かせるように力いっぱい主張するメルのキョドりっぷりに、ヒイロはますます恥ずかしくなってしまう。

「でも……ヒイロは……初めてじゃなかったんだ……」

「えっ!?　そ、それは……その……」

いきなり拗ねたように口を尖らせたメルに、ヒイロはギクリとする。

「……ヒイロのほうが年下なのに……なんかいろいろ詳しすぎだし……」

「はは、はははははは……」

ごまかし笑いをするしかできないヒイロに、メルはぷくぅっと頬を膨らませた。

「……負けないんだから」

「っぷ!?　えええええええっ!?　ま、負けるって……何に……」

「よくわからないけど、あたしが死ぬほど負けず嫌いなのはヒイロも知ってるでしょ?」

「う、うん……それはもう……だけど、こういうのは勝負ごとじゃないっていうか」

「ううん、こうなった以上は、あたしも頑張らなくちゃ——ヒイロの初めての人に負けないように。お料理だってそのために頑張ってたんだもの」

あらぬ方向をキリッと見据えて言うメルの表情には、厳かな決意が見てとれて、ヒイロは妙にそわそわしてしまう。

ただの自意識過剰、思い過ごしだと自分の胸に言い聞かせはするが、メルのさっきの言葉はまるで告白のようだった。

いくら鈍いヒイロでも、メルの素直な態度は、さすがに意識してしまう。

「料理って……そ、そうだったんだ……元々、得意なんだとばかり……」

「……そっか。考えてみれば、代々由緒正しい騎士の家系っていわゆる貴族だし。メルってお嬢様だったんだね」

「――お嬢様もどきかな？　騎士を継ぐのは男子のみ。修業のために家を出るときだって猛反対されたしね。だけど、お兄様たちよりも強くなって家に戻れば、認めてもらえるのかなって思って……」

「そういう事情があったんだ……」

「不思議ね……今まで誰にもこんなこと話したことなかったんだけど……なんだか、ヒイロには……今、このタイミングで話しておきたくて……」

「……うれしいよ」

甘やかな雰囲気が漂うなか、メルとヒイロの目が合った。

ヒイロがメルの唇へと吸い寄せられるように唇を近づけていき、メルは、緊張の面持ちで静かに目を閉じる。

今は、ただこうすることが一番自然に思えて。

唇と唇が触れ合うかに思えた瞬間――メルの頭がヒイロの膝から滑り落ちてしまう。

キスが空振りに終わり、驚いたヒイロが目を開くと、そこにはくうくうっと心地よさそうな寝息をたてているメルの姿があった。

「っちょ……え、え、ええええええ!?」

(こういうときに……寝るとか……!?)

目を見張るヒイロの背中に声がかけられた。

「……ようやく見つけましたわ……危機一髪……でしたわね。いや、もしかして、もう遅かったとか?」

「ラーミス!?」

後ろを振り返ったヒイロの目に飛びこんできたのは、杖を構えて、怖い笑みを浮かべたラーミスの姿だった。

どうやら、ラーミスがメルに睡眠魔法《スリープ》をかけたようだ。

さすがに、いつでもどこでも、ものの三秒で眠れるという特殊スキルを持つメルとはいえ、さっきのあのタイミングでいきなり寝てしまうというのは不自然すぎる……。

ヒイロは、一瞬でもメルを疑ってしまったことを反省した。

「まったく……油断してましたわ……この私ともあろう者が……」

「え、えっと……こ、これは……その……メルが狂戦士《バーサーカー》化しちゃって……それでその……えっと……」

目には見えない怒りの波動をラーミスから感じて、ヒイロはしどろもどろになって、事情を説明しようとする。

しかし、ラーミスがヒイロの言葉を遮った。

「細かく説明しなくても結構ですわ。代わりに、一つだけ質問してもよいかしら？」

「え……な、な、何っ!?」

ぎくりとしたヒイロに、ラーミスがジト目になる。

「…………」

ラーミスが深いため息をつくと、怖い笑顔のまま、ヒイロへと詰め寄った。

ヒイロは石に躓き、しりもちをついてしまう。

そんなヒイロにラーミスが雌豹のように覆いかぶさっていく。

「……ヒイロは、暴れメルをどうやって鎮めましたの？」

「うっ、そ、そ、それは……その……ちょっといろいろ……工夫して……」

「……いろいろ工夫……ねえ？」

ラーミスが腰に両手を当てると、ヒイロの目をじっと見据える。

凍てつく波動がビシバシと放たれ、瞬く間にヒイロのＨＰ《ヒットポイント》とＭＰ《マジックポイント》がみるみるうちに削られていく。

「だ、だって、ああするしかなくて。メルの弱点を突くしかなくて……でなきゃ、間違いなく、やらなくちゃ、やられてたし」

「ですから、何をどういう風にしましたの？　メルの弱点って？」

「そ、そ、それは……」

冷や汗をダラダラと垂れ流すヒイロに、ラーミスが鷹揚に微笑みかけた。

「そう、言葉で説明できないなら……身体に直接聞いてみましょうか？」

「ちょ……ちょっと……待っ……」

「メルを止めるために怪我をしたみたいですし、今日もたっぷり特別な回復魔法をかけてあげますわ」

ラーミスが、ローブの胸元をはだけ、ブラジャーの肩紐を外すと、後ろに手を回して、ホックも外した。

大きなおっぱいがブラジャーから解放され、たゆんと揺れながら姿を現す。

さっき、メルとしたばかりにもかかわらず、ヒイロの半身はたちまち力強くそそり勃起《た》ち、臨戦態勢になる。

（嘘っ!?　三度目はさすがに……無理だって……）

ヒイロの心配をよそに、早くも復活したペニスは新たな獲物の予感に跳ね回る。

「――メルと……キス、したかったんですの？」

拗ねたような表情で、ラーミスがヒイロの顔を自分のほうへと向けると、ディープキスをしてきた。

いつもクールで大人っぽいラーミスが、子供っぽい表情で拗ねてみせる様が可愛くて、ヒイロの胸がカッと熱くなる。

（ラーミスも……嫉妬とかするんだ……）

戸惑ううちに、滑らかなラーミスの舌が強引に口中の奥のほうまでねじこまれてきて、ヒイロはくぐもった声を洩らしてしまう。

「ン……っちゅ……っふ、はぁ……はぁ……わたくしだって負けませんもの……ん、はぁはぁ。せっかく先手を打てたかと思いましたのに……」

うわごとのように呟きながら、ラーミスはヒイロの舌に熱心に自分の舌を絡めつつ、おもむろに彼の屹立へと手を伸ばしてきた。

「な、何が負ける……って!?　うっ!?　ら、ラーミス……だ、駄目……だって。もう、これ以上は……」

さすがに三度目は自信がない。

それに、今、されてしまえば、さっき何をしていたか、バレてしまうだろう。

ヒイロは、今にも泣き出しそうな表情でラーミスの手をとどめようとするが、二度のエッチで感じやすくなっているペニスは、まるで散歩をねだる子犬のように彼女の手の中で喜び勇んでしまう。

「ヒイロの……やけに敏感になってますわね」

「うぅうう、そ、そ、それは……」

「……メルのと私の……どちらがよかったんですの？」

嫉妬を露わにしたラーミスが、熱い息を弾ませながらヒイロのズボンの中から、勃起したペニスを引き出した。

赤黒いグロテスクな肉棒に鼻を近づけて、匂いを嗅ぐ。

「あぁっ！　や、やめてよ……ラーミス！」

ヒイロの逼迫した声が、ラーミスの嗜虐心をかえって燃えあがらせる。

「……やっぱり、甘酸っぱいエッチな香りとヒイロの濃い香りが混ざり合ってますわ。とってもいやらしい香り。嫉けてしまいますわ」

「うううう、そんなこと……言わないで……」

ついさっきまでメルの膣内《なか》に入っていたブツをラーミスが口に含もうとしているのを感じて、ヒイロはますます焦る。

「うあっ、今、それ……だ、駄目だって！　やめて」

「やめてなんかあげませんわ。これは女同士の仁義なき戦いですもの」

「っ!?　女の人って、じ、仁義なき戦いが多すぎだよ！」

「ええ、そのとおり。そんなこと、いまごろ気がつきましたの？」

いたずらっぽく舌を出すと、そのままラーミスはヒイロの亀頭をぺろりと舐め、次の瞬間、肉棒をぐっぽりと口に咥えこんだ。

「ンッ……ちゅ……しょっぱい……ですわ……いやらしい味……ンンンンッ」

ちゅるぢゅるっと湿った音を立てながら、ラーミスが上目づかいに挑むような視線をヒイロに投げかけ、頬をへこませる。

「あ、うあぁっ！　ラーミス、だ、駄目……ああ、そんなの……エッチすぎ……だよ。う、あああ……」

「ちゅ……ちゅ……ンッ、フフ……エッチなお姉さんは嫌い？」

「き、嫌いなんかじゃっ!?」

「ならよいでしょう？　ちゅ……ン、っく……はむ……メルよりももっともっと気持ちよくしてさしあげますわ。私なしではいられないくらい、病みつきにしてあげますわ。フフフ……」

ラーミスが肉棒の裏筋を舌先でつぅっとなぞったかと思うと、激しく頭を上下に動かし始めた。

絶妙な圧の口ま×こに、ヒイロは、自分でも恥ずかしいくらい、瞬く間に昇りつめてしまう。

「うあっ！　だ、駄目っ！　そんな激しいの……すぐ、射精しちゃうって！」

奥歯を噛みしめて、必死に射精の衝動を堪えようとするヒイロだったが、ラーミスが絶妙な按配で睾丸を揉みしだきながら、激しく舌を震わせ、カリ首の裏に浮き出た太い血管を責め立ててきた。

繊細かつ大胆な責めに、ヒイロの腰がガクガクと揺れ始める。

「そ、それ、す、すごっ！　あ、あぁっ！　射精、る!?　あああぁああっ！」

顔をくしゃくしゃにしたヒイロが鋭く吼えて、ラーミスのフェラに屈してしまう。

せめて口の中に射《だ》精すのはまずいと思って、腰を力いっぱい引いたヒイロだが、かえって彼女の顔面に精液シャワーを浴びせてしまうことになる。

熱いザーメンが、肉棒の先っぽから噴水のように飛沫を上げ、ラーミスの美しい顔一面に飛び散った。

「――っ!?」

驚きに目を見開くラーミス。

しかし、すぐに妖艶な微笑みを浮かべ、陶然とヒイロを上目遣いに見つめてくる。

「ご、ごめん……我慢……できなく……て……」

「そんな申し訳なさそうな顔しなくてもいいですのよ？　そんな顔したら……もっと

もっといじめたくなってしまいますもの」

　胸の谷間に溜まった精液を指で掬って舐めてみせると、ラーミスはまだザーメンを吐き出している途中のペニスを口に咥えた。

「や！　駄目！　き、汚いって。ラーミス、駄目だ、って……言ってる……のに」

「ヒイロのエッチなジュース、今度は飲んでさしあげますわ……一滴残らず……」

　ラーミスは、射精したばかりで、少しくったりとした肉棒に舌を這わせると、口の中でモゴモゴと再び育て上げていく。

　ヒイロの半身は、四度目を目指して、再び雄々しく復活を遂げる。

「ああ、これ以上……はぁ……無理……だって言ってる……のに……」

　半べそになるヒイロに、ラーミスは熱い吐息をつく。

「ああ……ヒイロ、可愛いですわ。もっともっとへたれていいんですのよ……いっぱいいじめてさしあげますわ……」

　ラーミスが、睾丸をやわやわと揉みしだきながら、舌先で尿道口を拡げるように刺激してくる。

　瞬く間に、下腹部に熱がこもり、それを解き放ちたいという衝動に駆られる。

「あああっ！　だ、駄目……ま、また……すぐに射精ちゃ……う！」

　ヒイロが、下半身を激しく痙攣させながら悲鳴じみたイキ声を上げた。

その次の瞬間、ラーミスの口の中に大量の精液を放ってしまう。

「ンンンッ!?　ンン……っむ……」

四度目とはとても思えないほど大量のザーメンが口いっぱいに解き放たれ、ラーミスは苦しそうなくぐもった声を洩らす。

が、外に吐き出したりはせず、一滴残らずごくりと喉を鳴らして飲み干した。

「っ……はぁはぁ……ふぅ……」

「ううう、ほ、本当に飲んじゃったんだ……ごめ……ん」

「ヒイロの……おいしいですわ。だけど、四度目なのにこんなに出るなんて。ちょっとびっくりしましたわ」

ラーミスを申し訳なさそうに見やると、ヒイロはがくりとうなだれた。

「……ホントに……自分でも呆れるよ……駄目だってわかってるのに……止まらない。止まれない。どうしたらいいんだろう……」

真剣に悩むヒイロにラーミスの母性本能がきゅんっと疼く。

「そんなに悩まなくてもいいですわ。少なくとも私は、ヒイロが勇者であることをわかった上で、自ら選んだ道ですもの。ヒイロが悩む必要なんてありませんわ」

「だけど、そういうワケには……」

「勇者は、一人が独占していい存在じゃありませんもの。勇者は、『みんなの勇者』。

それでもいいという女性だけが貴方を愛する権利を持ち、貴方に愛される権利を持つ。ただそれだけですわ」

悟ったことを諭すように語りながらも、ラーミスの笑顔は切なそうに歪んでいる。

それに気づいたヒイロがため息をついた。

「……ううん、誰か一人を選ぶ前に……本当はこんなことしちゃいけなかったんだ。わかってはいるんだけど……僕、最低だ」

「――ヒイロには、誰か一人を選ぶなんてできませんわ」

「そんなことないよ。僕だって、いつかはちゃんと……」

「だって、ヒイロは、誰か一人を選ぶには、優しすぎるんですもの」

「…………」

何度となく言われてきた言葉に、ヒイロは苦い顔になる。

「それに、ヒイロがいくら誰か一人を選ばなくちゃって思ってはいても、周囲が放っておいてくれませんわよ？」

「……そう……なのかな？」

「ええ、だから、勇者として生まれてきた運命を受け入れる他、ありませんわ。そして、私は受け入れた。この意味、わかるかしら？」

「……うーん、よく……わからないかも……僕はラーミスみたいに頭よくないし」

「ふふふ、わからないなら、わかるときがくるまで考えない、悩まない。そのほうがいいですわ」

腕組みをして考えこんでしまうヒイロの頬を優しく撫でると、ラーミスが彼の股間へとまたがっていった。

柔らかく熟した実に、天を衝くほど反り返った肉刀がゆっくりと沈んでいく。

ラーミスに言われたことについて自分なりに理解しようと考えを回らせるヒイロだったが、たちまち目も眩むような悦楽に脳ミソが溶けてしまう。

夜の森の静けさが、再び熱い吐息と嬌声によって破られた。

メル

職業：戦士
年齢：１７歳
体力：超キョージンだって（エヘン）！
知力：脳ミソまで筋肉だって（エヘン）！
スタイル：胸のサイズとか測ったことないケド？
装備：大剣（１ｍ越え）
ワクワクお料理セット！
勝負水着

クエスト3　魔王と勇者、許されない恋愛関係

ヒイロたち一行は、森を南へと抜け、港町ブラックシーサイドへと到着していた。

ブラックシーサイドは、魔王城に一番近い港町として、よそでは手に入りづらい魔原石を輸出することによって栄えている。

魔原石を研磨した宝石は、高い魔力を備えているため、主に魔法武器や防具などに加工され、高値で取引される。

それもあって、高レベルの魔物や魔族が横行する辺境の危険な地ではあるが、世界中の商人が集《つど》い、活気に満ちている。

「こんなダサい格好は余の美意識に反するっ！　なぜ、こんなダサい格好をせねばならぬのだ！　ドレスを着ては駄目なのだっ！　王冠をかぶっては駄目なのだっ！　貴様ら全員死刑！　侮辱罪で死刑だっ！」

「まあまあ、マーケットで可愛い帽子でも買ってあげるから。もうちょっとだけ我慢して」

しきりにぶーぶーと文句を垂れる魔王を勇者が宥めにかかる。

いかにも魔族な外見で町に乗りこめば、討伐だなんだと大騒ぎになってしまう恐れがあるため、ヒイロたちは魔王を変装させて、街に入ったのだ。

魔王は、いつもの派手なドレスではなく、ラーミスの替えのローブを借り、ヒイロのマントをターバンのように頭に巻きつけ、尖った耳だの角だのを隠している。

斜めがけバッグの中にはドラドラが入っていて、たまにもごもごと動くことをのぞけば、一見、旅の女商人に見える。

交易がさかんなブラックシーサイドに溶けこむにはナイスな変装なのだが、その他大勢の愚民たちとおんなじ格好というのは、魔王にとっては耐え難い屈辱のようで、ヒイロは彼女を宥めるのに骨を折っていた。

「……女の子って難しいんだなあ。僕なんて格好とか、そんなに気にならないけど」

「繊細な余とエロバカ勇者を一緒にするな!」

「まあ、女の子にとっておしゃれは大切だっていうのは同感ですわ。でも、いつものあのド派手な格好でいたいならば、町の外でお留守番になりますけど、それでもよいんですの?」

「うぅううう……派手な格好言うな！　煌びやかって言え！　留守番はイヤだ！」

「なら、少しの間だけ、この格好で我慢してもらわないと、ね？」

「がぅうううううううううぅううぅうぅうぅぅーっ」

ラーミスに牙を剝きながらも、魔王の目には迷いの色が浮かぶ。

「――フン！　少しの間しか我慢はしてやらぬからな！　余も一緒についていってやる！　よきにはからえ！」

ラーミスに諭され、魔王は渋々承知した。

魔王の扱い方は、ラーミスが一番熟知しているようだった。

ヒイロが「ありがとう」と目配せしてみせると、ラーミスはウインクを返す。

「――とりあえず格好はなんとかなったとして、呼び方も、もうちょっとなんとかしたほうがいいかも？」

「なんとかとか言うな！　無礼なっ！」

メルの言葉に魔王が目を吊り上げる。

が、メルには餌付けされていることもあってか、ヒイロへの噛みつきと比べると、甘噛み同然だった。

これが仲間内格差か……と、ヒイロは苦笑しながらも、メルの意見に同意した。

「――確かに。メルの言うことも、もっともだな」

「……っ⁉　う、うん……だよね⁉」

ヒイロに名前を呼ばれた途端、メルがぎくしゃくとした笑顔を浮かべ、落ち着きなく視線をさまよわせた。

それに気づいたヒイロの顔も赤く染まる。

「………………」

二人のぎこちない様子にラーミスは疑わしそうに目を細めた。

ヒイロはラーミスの疑惑のまなざしから逃れるように魔王に声をかける。

「で、魔王、なんて呼べばいいかな？　いい加減、本名教えてよ」

「っ⁉　い、イヤだ！　そ、そんな恥ずかしいことできるかっ⁉」

魔王は、なぜか顔を真っ赤にして、がうっと牙を剝く。

「べ、別に名前を教えるのって……恥ずかしいことじゃないと思うんだけど……」

「うぅううう……貴様ら愚民には、繊細な魔族心がわからぬのだ……我らは……と、特別な相手にしか、真名を教え合わぬ！」

「……特別？」

「そうだ……その……家族だったり、特別な親友だったり、仲間だったり……こ、恋人だったり！　っていうか、そんなことわざわざ言わせるなっ！　恥ずかしいっ！」

「……名前を教え合うのに、そ、そんな意味合いがあったんだ⁉」

「誰かれ構わず名前を教え合い、誰かれ構わずスキンシップをはかりたがるいやしい貴様らとは違うのだ！」

「い、いやしいって……」

どうやら魔族と人間の間には、目には見えない溝があるらしくて、文化の違いに皆、驚きを隠せない。

それにしても、魔王の言葉にはやたらトゲがある気がして、ヒイロは首を傾げる。

「……それに……第一、おまえらは……否、おまえは……まだ、余を認めたワケではないだろう！　バカエロ勇者っ！」

ギロッと凄まじく険悪な目で、魔王はヒイロを睨みつけた。

「え？　何？　僕？　えええ？」

「な、な、なんでもないっ！　聞かなかったことにしろ！　とにかく、好きなように呼べばよいであろう！」

半ばキレ気味に叫ぶと、魔王は腕組みをしてそっぽを向いてしまった。

「ええーっと、それじゃ、ポチとかハチとかどうかしら？」

「ニャーとか、ガウとかも可愛くない？」

ラーミスとメルがはしゃぎはじめたのを見て、このままじゃ犬猫じみた名前をつけられてしまうと慌てた魔王が「やっぱり、マオーかマオウって呼べ！」とムキになって訂正した。

そのあまりにも必死すぎな姿に、ヒイロは吹き出してしまう。

「ドエロ変態勇者がっ！　余を笑うなーっ！」

魔王のエルボーがヒイロのみぞおちにクリーンヒットし、ヒイロは身体をくの字に折って顔をひきつらせる。

「うわー、今のすごいキレイにキまったなー。魔王って体術の才能もあるのかも。武闘家目指してみるとかいいかも！　考えただけで、あたしワクワクしてきたーっ」

「ふんっ！　抜かせっ！　魔王はサイキョーなのだ。無敵なのだ！　剣術も体術も魔術も超スゴイのだ！　なんでも一応はこなすが、どれも中途半端などという器用貧乏な勇者とは違うのだ。勇者とはっ！」

「へええええええー、すごいっ！　サイキョー、いいなー！」

メルと魔王のあまり頭のよくない会話を小耳に挟みながら、ヒイロは独りごちる。

（それにしても、魔王、やっぱり僕にだけつらくあたってくるよな……それに、やたらエロってとこ、強調してくる気がするし……）

身に覚えがありすぎるだけあって、気のせいだと一笑に付すこともできず、ヒイロはあれこれ悶々と考えこんでしまう。

（まさか……メルとのアレ、見られてた!?　いや、それはさすがにないか……それじゃ、ラーミスとのアレかな？　それとも……アレ？）

魔王に、ラーミスたちとアレコレいたしていたところを見られてたのかもしれないと考えただけで、ものすごく死にたくなる。

（やっぱり……こんな風に思うのって……たぶん魔王がルーに似すぎているせいなんだろな）

魔王を介して、ルーを裏切っているような後ろめたさが、ヒイロを苛んでいた。

（別に、ルーは頼りになる相方で、付き合っていたってワケじゃないけど……）

それでも、こうしてずっと気になり続けているということは、やっぱり特別な存在だったことには間違いない。

（とりあえず……こんな想いをするくらいなら、やっぱりすべきじゃないんだろな。よし、今度の今度こそはしないいっ！　何があってもしないぞっ！）

ヒイロは、胸の中で、もう何度目になるかしれないむなしい誓いを立てた。

路地裏にある小さな宿屋でチェックインを済ませると、ヒイロたちが勇者一行だと知った宿屋の主人が、張りきって一番いい部屋を無料で用意してくれた。

さすが、勇者ヒイロの名はダテではない。

しかし、ヒイロたちは宿屋の主人をだましているような気がして複雑だった。

まさか、勇者一行の中に魔王もどきが紛れこんでいるなんて思いも寄らないのだろうし、それを知ったら追い出されても文句は言えない。

熾烈な戦いを重ね、いざというときには自分たちで問題に対処できるという自負があるヒイロたちとは違って、通常、人と魔族は相容れぬ存在なのだから。

せめて、滞在中は魔王に問題を起こさせないようにしないと、気持ちが引き締まる。

最上階にある見晴らしのよい部屋に入るや否や、ヒイロは一目散にフカフカのベッドへとダイブした。

「はーっ！　久々のベッドだーっ！　すっごいフカフカだっ！　気持ちいいなー！」

野営続きの身には、フカフカのベッドは何よりうれしい。

ベッドに身体を埋めるや否や、強い睡魔に襲われる。

だが、そんなヒイロの背中に、魔王が勢いよくダイブしたからたまらない。

「ぐえっ！」

背中から内臓を押しつぶされるのではないかという衝撃の後、ヒイロの背中に馬乗りになった魔王がテンション高く騒ぎ出したのだ。

「よし！　勇者！　マーケットとやらに行くぞ！　今すぐ行くぞ！　帽子とか可愛い服を買いに行くぞっ！」

「ギブギブッ……わ、わかったから……」

「こらこら、魔王。勇者は疲れてるんだから、後にしなさい」

「うんうん、まずは寝かせてあげよ」

ラーミスとメルに注意され、魔王は不服そうに頬を膨らませた。

休みの日にくたびれた父親に遊びをねだる子供とそれをたしなめる母親の図がそこにあった。

「……むぅ、だって、宿についたらすぐにマーケットって約束したのだぞ!? 約束は守るためにあるのだぞっ!?」

「まあまあ、マーケットなら私たちが連れていってあげるわ。いろいろとお買い物したいものがあるし。ね、メル?」

「そうそう、それにお買い物って女同士のほうがダンゼン楽しいんだから」

「ふむぅ、そんなモノなのか?」

「ヒイロに女の子の服の見立てなんて、そもそもできると思う?」

「ないな。おしゃれのなんたるかもわかっていないエロ勇者だし、どうせアブナイ水着とか、そんなのしか選べないに決まってる!」

「…………」

魔王の即答+それを否定しようとすらしないラーミスとメルに、ヒイロはベッドに突っ伏したまま泣きたくなる。

しかし、これまたなまじっか身に覚えがありすぎるため、反論もできない。

「可愛い洋服やアクセサリー、お姉さんがいっぱい買ってあげるから、勇者はお留守番で、行きましょう」

「おぉおおお⁉　本当かっ⁉　行く行くっ！」

魔王はラーミスにテンション高くじゃれつくと、彼女の手を出口に向かってグイグイ引っ張る。

散歩をねだる子犬の図に、ヒイロの表情が和む。

「――じゃ、そういうことで！　勇者、たまにはゆっくり休んでね」

「う、うん……ありがとう……」

キャッキャッとはしゃぎながら、部屋から出ていく仲間たちを見送り終えると、ヒイロは深いため息をついて目を閉じた。

いまさらのように緊張の糸が切れ、ドッと疲れが押し寄せてくる。

魔王城を攻略した後――あまりにもいろんなことが一気に起こりすぎた。

凄まじい環境の変化に心身共に追いついていけていない。

「……魔王が仲間になるとか……それに……まさか、ラーミスとも……メルとも……しちゃうなんてなあ……しかも、魔王にもなんだかバレてるっぽいし……」

ヒイロは、ボーっと天井を見つめながら呟いた。

魔王城へと向かう前、この港町にやってきたときには考えもしなかった状況がいまだに信じられない。

あのときは、最終決戦を控え、ただ魔王を倒すことだけ考えていればよかった。

しかし、今は違う。

解決しなければならない問題が山積みだ。

（……これからどうしよう？）

考えてもすぐに答えが得られるはずもなく、ヒイロはそのまま深い眠りの奈落へと落ちていった。


なんだか――ものすごく気持ちがいい。

まるでぬるま湯に下半身を突っこんだかのよう。

否、突っこんだだけじゃない。

柔らかな感触が、カリ首に絡みついてきたかと思うと、尿道口を拡げるようにクニクニといやらしく動く。

「――っ!?」

睾丸がきゅっとなり、ヒイロは熱いため息をついた。

忘れようもない鮮烈なこの感覚。

ラーミスのエッチな回復魔法に違いない。

「う、あ……駄目……だ。ラー……ミス……そんなにねっとり回復しなくて……いいから……」

温かな粘膜に肉棒をにゅるにゅると包みこまれ、たまらずヒイロがうわごとのように呟くと同時に、下半身に激痛が走った。

「いったぁあああっ!? な、な、何っ!?」

寝ぼけ眼で下半身を見ると、暗闇の中、赤い目が光っていた。

「……っ?」

一瞬、ヒイロは自分の身に何が起こったか理解できなかった。

てっきり、ラーミスが寝こみを襲ってきたのだとばかり思っていた。

しかし、その予想は意外すぎる形で裏切られたのだから——

「っちょ!? ま、ま、魔王っ!? な、何……して……」

「別に——なんでもない」

口元を手の甲で拭うと、魔王はぷいっとそっぽを向いた。

一瞬、赤黒い肉棒と彼女の唇を細い唾液の糸がつなぎ、ヒイロの半身が跳ねた。

「がうっ⁉　あ、暴れるなっ！　飼い主同様、しつけがなっていない剣だなっ！」

魔王がギョッとすると、猫手でパシッとペニスを叩いた。

寝ぼけ眼のヒイロは、「いてっ」と顔をしかめつつ、下半身に覆いかぶさっている魔王を凝視する。

マーケットで買ってもらったのだろうか？

魔王は、赤を基調にしたフリフリのメイド服を着ていた。

胸元を強調するようなエプロンドレスは、魔王にとてもよく似合っていて――ものすごくエロく見える。

角も尖った耳も出しっぱなしだが、こういう格好なら、かえってコスプレかなんかかと思われて、魔族とは疑われないだろう。

ラーミスの名案なのだろうが、メイド服を装備した魔王はあまりにもエロかわすぎて、しばらくの間、ヒイロは彼女に見とれてしまう。

が、見とれている場合ではない。

ヒイロは、すぐに我に返ると、全力で突っこみをいれた。

「い、いやいやいや、なんでもなくなんかないよねっ⁉　だ、だって……今、魔王、僕のを……な、舐めて……」

もしかしたら、まだ夢を見ているのだろうか？

そう考えたほうがよっぽど自然だ。

まさか、魔王がメイドの格好をしてヒイロの寝こみを襲い、フェラチオをしてくるだなんてこと、天地がひっくり返ってもありえない。ただでさえ嫌われているのに。

ヒイロが混乱していると、魔王が声を荒げた。

「っうるさい！　余が、なんでもないと言ったらなんでもないのだっ！　ドエロ変態勇者の分際で、余に発言するなっ！」

「言いたいことがあるなら、素直に言えばいいだろ？　仲間なんだし」

「っ！」

ヒイロの言葉に、魔王は顔をくしゃっと歪める。

「言いたいことなら、死ぬほどある！　山ほどある！　だが、それを口にするのは、余のプライドが許さぬのだっ！」

「プライド？　なんだよ、それ……ワケがわからないし……言いたいこと言わずにおいて、察してくれっていうのは無理だよ」

「仲間とかキレイ事を抜かすなというのだ！　勇者など、キレイ事を抜かすエキスパートなのだろうが気に入らぬっ！　余を仲間だと、認めてなんかいないくせにっ！」

「なんでそうなるんだ？　僕はもう魔王を仲間だと思ってるし！」

「ウソをつくな！　余はすべてお見通しなのだぞ!?」

「どうしてウソだって誤解しているんだ？」

「っ！　そんなのっ！　自分の胸に聞いてみろっ！」

そう叫ぶと、魔王は開け放たれた窓から身体を躍らせて、脱兎のごとくヒイロの前から姿を消した。

「――っ!?　なんなんだ、一体……」

あまりにも一方的すぎる魔王の態度にヒイロは深いため息をつくと、開きっぱなしになった窓を見つめた。

「………」

胸がぐちゃぐちゃに掻き回され、ムカムカする。

こんな気持ちはあまりにも久々すぎて。

腹立たしい一方で懐かしいとすら思ってしまう。

昔はよくこんな喧嘩をしていたような気がする。

わかってもらいたい相手に、わかってもらえなくて……悔しくてもどかしくて、やるせなくて……。相手が大事な存在であればあるほど、悲しくて。

こんな思いをするくらいなら一人でいたほうがずっとマシ。何度そう思ったか。

でも、その分、仲直りした後には、前よりも相手をずっと近くに感じるもの。

それを教えてくれたのは、ルーだった。

ヒイロは頭から布団をかぶって不貞寝しようとする。

だが、魔王のことが気になって気になって、目が冴えてしまう。

「まったく――仕方ないな！」

勢いよくベッドから身体を起こすと、ヒイロは部屋を飛び出していった。


港町は多くの人々で賑わっていた。

ヒイロは、人ごみの中、魔王の姿を捜して回る。

赤い髪に赤いメイド服は目立つから、すぐに見つかるだろうと思いきや、魔王の姿はどこにもない。

「どこに行ったんだ……魔王……」

マーケットにもブティックにもバーやカフェ、レストランにも魔王はいなかった。

魔王がいそうなところはすべて捜したが、見つからなかった。

いったんラーミスたちと合流して、一緒に捜したほうがいいかもしれない。

そもそも、捜さなくても、お腹が空いたら戻ってきそうな気もする。

しかし、どういうワケか、今、自分が捜さなくちゃ駄目だという気持ちに駆られる。

「…………」

ヒイロが途方に暮れていたそのとき――

時刻を知らせる教会の鐘の音色が、街中へと鳴り響いた。

鐘の音色に応じて、港のあちこちの船から汽笛が鳴らされる。

ふと、ヒイロは教会の鐘突き台を見上げた。

別に期待していたワケではない。ただ、そこは幼なじみのお気に入りの場所だった。

故郷の教会の鐘楼が二人にとっていつもの遊び場だったことをヒイロは思い出した。

しかし、そこにまさかの人影を見つけ――ヒイロは我を忘れて教会へと走り出した。


（まさか……いや、そんなはずは……だけど……）

ヒイロは、教会の鐘突き台へと続く細い螺旋階段を駆け上がっていく。

期待と不安が激しく交錯し、ヒイロの心臓は破裂寸前だった。

やがて、塔の頂上へと昇りつめると、石枠に腰掛けている魔王を見つけた。

「――はぁはぁ、ようやく……見つけた……」

「っ!?　ゆ、勇者！　どうして……ここがっ！」

「――なんとなく、ここにいるかなって気がして」

複雑な表情でヒイロは言葉を濁す。

「……馬鹿モノめが」

口調とは裏腹に申し訳なさそうな魔王の表情に、ヒイロは笑みを誘われる。

「正直……ちょっとびっくりしたんだけどね。まさかここにいるなんて」

「余は高いところで星を眺めるのが好きなのだ」

「僕の友達も同じことを言ってたから」

「ふむ？　その友達とやらは、余と気が合いそうだな」

「…………」

事情を知らない魔王の悪びれない言葉にヒイロは苦笑した。

ヒイロは魔王の隣に腰かけると、話を切り出した。

「さて、それじゃ、話してくれるかな？　僕が魔王を仲間だと思っていないって誤解されている理由」

「……誤解などではない。根拠なら……ある。見くびる……な」

ぷいっとそっぽを向いてしまう魔王だが、さっきのように逃げようとはしない。

「だから、その根拠って何？　なんでも腹割って話すのが仲間だよ」

「がぅぅうううううう……」

魔王が眉根を寄せると、困り果てたように呻く。

しばらく呻いた後、魔王はヤケバチになってヒイロにくってかかった。

「だ、だって！　ラーミスとメルにはしてっ！　余にはしていないではないかっ！」

「……へ？」

思いもよらなかった魔王の言葉に、ヒイロは自分の耳を疑った。

ラーミスとメルにはしたが、魔王にはしていないことといったら――アレしかない。

「え、えっと……そ、それって……もしかして……」

嫌な汗がだらだらとヒイロの顔を濡らしていく。

「あああぁああーっ！　もーっ！　だから、言いたくなかったのだっ！」

「その、ちゃんと言ってくれなくちゃ……わからないよ？」

「がぅううぅうぅっ！　うるさいうるさいうるさーいっ！　同じことを二度も言わせるなっ！　死刑っ！　極刑っ！」

「……ご、ごめん。ちょっと……いや、ものすごく驚いたから……僕の聞き間違いかなって思って……」

「ふんっ！　そんな使いモノにならぬ耳、余がさくっともいでくれようか？」

恥ずかしさを必死にごまかそうとしてか、やたらソワソワしながら、わざとらしい毒舌を放つ魔王の姿にヒイロはたまらず吹き出してしまう。

「だからっ！　余を笑うなと！　何度言えばわかるのだ！」

「いや……ごめん。魔王、可愛すぎだから――」

「か、か、かっ⁉　かかかっ⁉　かはひひっ⁉」

テンパりまくった魔王が噛み噛みで吼えた。

「死刑っ！　余のことを……そんな……可愛い呼ばわりするなど……頭が高いわ！」

「ハイハイ」

「がうううぅううぅううううううぅう……」

ヒイロに軽くスルーされ、魔王はしかめ面をして唸る。

「しかし……アレ、やっぱり見られてたか……」

「うむ。全部まるっとお見通しだ！」

「えっと……りょ、両方見てた……とか⁉」

「もちろん！」

「……そ、そっか」

なぜか、えへんと胸を張って威張ってみせる魔王にヒイロは死にたくなる。

「そして、余にはしていない——これが何を意味するか？　余にくらいわかる」

「い、いや……待って。魔王、それ、たぶんものすごく誤解してると思う」

「何を言うか⁉　アレが何であるか、余の目にも明らかだぞ！」

「……何って言われても……ナニとしか……」

「あれが俗に言う『すきんしっぷ』なのであろうっ⁉」

「それは……まあ、ま、間違っては……いないけど……」

「すきんしっぷなど、余は知らぬ！　どんなものか知りたくて……さっきは不意打ちを食らわせてみただけだ……別に減るものではないだろう!?　ケチケチするな！」

「なるほど、そ、そうだったのか……」

ようやく、さっきの信じられないような事態の謎が解け、ヒイロは合点がいく。

しかし、謎は解けたが、もろもろ誤解しまくっている魔王の認識を改めるのは、なかなか骨が折れそうだ。

「……ケチケチしてるわけじゃなくて……本当はああいう行為は、誰とでもしていいものじゃないんだ。いろいろあって、ああいうことになっちゃってるんだけど……」

「なぜだ？　英雄色を好むとも言うではないか!?　それにおまえは、ハーレムを目指しているのだろう？　情けないことを言うな！　そんなことでは夢は叶わぬぞっ！」

「うう……ご、ごめん……ぶっちゃけハーレム甘く見てた……」

なぜかキレられ、叱られて、ヒイロは反射的に頭を下げる。

「まったく……変なヤツだな。まさか勇者がこんなに張り合いのないヤツだったとは思わなかったゾ」

「……そうだよね。自分でも勇者、向いてないよなーって思ってたんだけど」

「だからっ！　そういう情けないことを言うなと言っている！　仮にも余の宿敵ぞ？

もっと堂々としろっ！」

「……う、うん」

気弱に頷いてみせたヒイロに魔王が眦《まなじり》を下げた。

「まったく、貴様は……何かと……つくづく放っておけなくなるタイプだな」

「そうなのかな？　自分じゃよくわからないけど」

のほほんとした表情で首を傾げる勇者に、魔王はぶっきらぼうに言った。

「……ラーミスとメルの気持ちは……わからなくもない……」

「もうちょっとしっかりしなくちゃって思うんだけどね。二人には迷惑かけたり、心配かけたりしてばかりなんだ……」

「なんでも自分一人でできる人間は、人の上には立てぬ。むしろ、なぜか周囲が味方してくれる魅力を持つ人間こそが人の上に立つものだ」

「えっと……もしかして、褒めてくれてる？」

「っ！　誰が貴様みたいなドエロ変態勇者など褒めるかっ！　馬鹿ものっ！」

気恥ずかしそうに頭を掻く勇者に魔王は声を荒げた。

「ただ――なぜ、貴様があれほどまでにラーミスとメルの信頼を勝ち得ているのか。その秘密は知りたい。今日、初めて女子トークなるものをしたが……あの二人は……心底、おまえのことを信頼している。余が捕われの身になった途端、余を見捨てた側近たちとは違う」

「魔王……」

「——だから、余を仲間と認めるならば、メルたちと同等に扱え。これは命令だ」

至極、偉そうな口調ではあるが、その声は緊張のせいか震えている。

「っ!? そ、それって……えっと……さっきの続きを……するって……こと?」

「……イヤ……か?」

いつもの勝気な仮面が剥がれ、不安そうな魔王の姿がヒイロの胸を鷲づかみにした。

「イヤなワケないよ。だけど、魔王はいいの? 僕が相手でも……」

「余は……仲間というものを知りたいのだ。余には手下はたくさんいた。だが、仲間はいなかった。それなのに、おまえたちはいつもすごく仲良しで楽しそうで……なんだかズルイ」

「なんだそれ?」

見当違いではあるが、幼くも可愛らしい魔王の嫉妬にヒイロは笑み崩れる。

「……たまに混ざれた気がしても……時々、目には見えぬ壁を感じる。そういうときには独りのほうがよっぽどよかったと後悔するくらい胸がぎゅっとなる……。余は、この壁を打ち砕きたいのだ……」

魔王の赤い双眸が、ヒイロをひたと見据えていた。

その日は真剣そのものだった。

「そっか、それならそうと、早く言ってくれればよかったのに……」

「っ!? 言えるワケあるかっ！ お、おまえたちの濃厚なスキンシップを覗き見ているだけでも、心臓が爆発しそうになるっていうのに！ 今も心臓がバクバクして！ 気持ちわるいほどだというのにっ！」

「どんな風にバクバクしてる？ 聞いてみてもいい？」

「……う、っく……勝手に、しろ！」

ヒイロが、魔王の身体を抱き寄せると、その胸元へと耳を寄せていく。

耳まで真っ赤になってあさっての方向をきつく睨みつけながらも、魔王はヒイロから逃げようとしない。

やがて、ふにゅっという柔らかな感触の向こう側から、せわしなく駆ける心音が聞こえてきた。

「うわ、本当だ……魔王の心臓、ものすごくドキドキしてる……」

ヒイロの心臓も負けないくらいドキドキしていたが、魔王の胸の高鳴りを意識したせいか、さらに加速していく。

（もうしないって誓ったのに……今度は魔王とすることになるなんて……）

後ろめたい気持ちもあるが、ここで魔王を拒絶して傷つければ、もっと後ろめたい気持ちになることは明白だった。

　ヒイロは覚悟を決める。

「……それじゃ、えっと……キス……するね？」

「……い、いちいち断りを入れるな！　そ、そういうの、もじゃっとするだろう！」

　いつの間にか、魔王にメルの口癖がうつっているのに気づいて、ヒイロはなんだかうれしくなってくる。

「目閉じて……」

「う、うむ……」

　ヒイロに促され、魔王が目をめちゃくちゃ力いっぱいぎゅううっと閉じた。

　いつものツンと澄ました整った顔が台無しになっていて、ヒイロの笑いを誘う。

　ヒイロの唇が、優しく魔王の唇へと重ねられた。

「ン……」

　力んでいるせいで、魔王の唇は固くすぼめられており、ヒイロはその唇をほぐすべく、最初っから舌を挿し入れてみた。

「んんんっ!?　は……あ……ちゅ……んく……ん、ああ……」

　想像以上に甘ったるい魔王の喘ぎ声が唇のつなぎ目から洩れ出てきて、ヒイロは心底驚いてしまう。

いつもの偉そうで機嫌が悪そうな声とはまるで違う。

（魔王も……こういうときって、こんなに可愛い声出すんだ。やっぱり女の子なんだ……）

もっともっと魔王のエッチな声が聞きたくなって、ヒイロは魔王の頭を抱えこむと、舌を彼女の口中の奥までねじこんだ。

「っ!?　ん、はぁああっ!?　ちゅ……あ、あぁ……ンぁ……」

魔王の声にさらに熱がこもり、たどたどしい舌使いではあるが、必死にヒイロの舌に応えようとしているのが伝わってくる。

恥ずかしい気持ちをごまかすように、二人は熱をこめて、舌を絡め合う。

ヒイロは、ディープキスをしながら、魔王の胸に手を伸ばして揉んでみる。

子供のような幼い態度とは裏腹に、思った以上にボリュームのあるおっぱいは、内側から弾けんばかりに張っていて、抜群の揉み心地だった。

捏ね回しながら、乳首を軽くつねってコリコリと刺激してやると、魔王はくぐもった艶声を洩らしながら甘い反応を見せる。

「……な、なんか……魔王って……感じやすすぎ……」

「うぅ、うるさい。そ、そんなの……余の知ったことじゃない……」

「もしかして……僕の見て……自分でしてたとか？」

「っ！　ば、ば、バカッ！　死刑っ！　殺すっ！」

どうやら、図星だったようだ。ムキになって反論してくる魔王だが、いつもの冴え渡るような毒舌はふるわない。

（全然、知らなかった。魔王がそんなことしてただなんて。しかも、僕のエッチを見ながらだとか……それってものすごくエッチすぎだし……）

一体、どんな風にしていたのだろうか？　ものすごく気になる。

魔王のことを知れば知るほど――もっと知りたくなる。

（なんでこんなに魔王のこと、気になるんだ……）

メルやラーミスに抱く感情とは、また別種の感情にヒイロは戸惑いを隠せない。

「……で、僕たちの見ながら……どんなこと、してたの？」

「な、な、なっ!?　そ、そんなこと、どうだっていいだろう!?」

「あ、ってことは、やっぱりしてたんだ？」

「あ、う、がぅううぅううううううううううぅうううううううううっぅっ!?」

ヒイロの揚げ足とりに、魔王は渋い顔をすると両手で顔を覆ってしまう。

魔王が羞恥に悶え狂えば狂うほど、ヒイロの欲望はよりいっそう燃え盛る。

「……ねえ、して……みせて」

「やっ!?　い、いやっ！　そ、それは駄目だっ！　な、何を言い出すか！　コンの変態勇者がっ！」

「どうして？　やっぱり、魔王でも恥ずかしいんだ？」

「うぅうう、そ、そんなことは……ない……ぞ。断じて……ない……」

「じゃ、見せて。間違ってたら……正しいやり方、教えてあげるから」

「……う、っくぅ、がうぅうううううぅううううぅうううぅうううううう」

魔王が必死の形相でギリギリと歯噛みすると、ついに折れた。

「……細かいとこまではさすがに見えぬから……その……想像して……こ、こ、こんな風にしてみただけ……で……」

魔王はスカートの中に手を差し入れ、ショーツ越しにそっと肉芽に触れてみる。

刹那、腰がふわりと浮くような強烈な快感が身体の奥で弾けた。

「んんぁああっ!?　や……な、なんだ……いつもは、こんなじゃ……シン……」

「僕に見られながらすると……いいんだ？」

ヒイロが魔王の耳元で囁きながら、彼女のスカートを捲り上げた。

「ち、ち、違う！　思い上がるなっ！　誰が……勇者ごときに見られただけで。っ!?」

いつものように、口では生意気なことを言いながらも、魔王の身体は、ヒイロの腕の中でピクッピクッといやらしく痙攣してしまう。

「はぁ、はぁ……あ、あぁ……そんないやらしい目で……余を見る、な……死刑、ンあ。極刑……ぅうう……っくぅうぅう……」

薄手のショーツに差し入れられた魔王の指が動くたびに、くちゅくちゅという淫らな音がし始めた。

（うわ……エロい……エロすぎだよ……これ……）

普通、女の子の自慰を見る機会なんてそうそうない。

しかも、あのプライドが高い魔王が……目の前で自分でしているという状況に、ヒイロの本能が奮い勃起《た》つ。

「はぁはぁ……ン、こ、これで……よい……のか？　間違ってない……か？」

「もっと……よく見ないとわからない……かも。ちょっと待ってて」

ヒイロは石枠から降りて、マントを脱ぐと石床に広げた。

「ここでしてみせて」

恭しく魔王の手をとると、マントの上へと寝かせた。

「これで……よい……のか？」

仰向けになった魔王が、膝小僧をハの字にして、再びショーツの中へと指を挿し入れていった。

「ンッ……っふ、はぁはぁ……あぁン……」

月明かりに照らし出されたショーツの下、魔王の指の動きに合わせて、股布がいやらしく蠢く。

いてもたってもいられなくなったヒイロは、荒い息を弾ませながら、魔王のショーツを脱がしていく。

「うっ!? や、やめ……ろ。そんな……勝手なこと……あ、あぁ……」

魔王は勇者の手をとどめようと抗うが、思うように力が入らず、瞬く間に濡れたショーツを剥かれてしまう。

股布とワレメの間に淫靡な粘液の糸が引いた。

「はぁ……あ、あぁ……見る、なと言うのに……」

「魔王の全部……見たいんだ……見せて……」

そう言うと、ヒイロは魔王の足を割り開いて股間へと顔を近づけた。

「あぁあっ!? 無礼者っ! そんなとこ……だ、駄目だというにっ!」

慌てて魔王がヒイロの頭を両手で遠ざけようとするが、時すでに遅し。

ヒイロの熱い息が敏感な箇所をくすぐっていた。

「ほら、これでよく見える……さっきみたいにしてみせて……」

「あ、あ、あぁ……もう……す、すればよいのだろう!? すればっ!」

半ばヤケになった魔王が、再び肉芽をいじり始めた。

魔王の細い指がワレメの付け根のぷっくりとした真珠を捏ね回すたび、二枚貝がぷるりと震え、奥から甘い蜜が溢れてくる。

「ちゃんと、一番感じやすいところ、わかってるんだね……」

「……う、うぐぅ……うるさい……」

「ここもいいけど、奥のほうもいいんだよ……教えてあげる……」

そう言うと、ヒイロは魔王のワレメの奥へと、人差し指と中指を挿入れていった。

「っ!? あ……やっ!? なっ!? 何をっ!? 挿入れ……た!?」

いきなりの侵入者に、魔王は大きく目を見開くと、息を詰まらせる。

「指だよ。あぁ……魔王の中……もうこんなになってるんだ。熱くてトロトロだ」

「がぅっ!? そ、そんなこと、い、いちいち報告するなっ!」

「でも、そのほうが魔王は感じるみたいだから……」

「っ!? な!? そんな……バカなこと、あるかっ!? ひ、人を痴女みたく言うな!」

ヒイロの言葉に憤る魔王だが、ヴァギナはヒイロの指をきつく締めつけてくる。

「魔王って……今までドSだって思ってたけど……隠れMだったんだね」

「がうぅうううっ!? えむ? な、なんだ、それ!?」

「恥ずかしければ恥ずかしいほど、感じちゃう可愛い女の子のことだよ」

「っ!? そ、そんなはず……は……っ!? あ、あぁっ!」

言葉半ばで、魔王は甘い悲鳴を上げると、背中を仰け反らせた。

腹部側にゴリッとした強烈な感覚が走ったかと思うと、奥から恥蜜が噴き出す。

「あ、あぁ、い、今……な、何をしたっ!?」

「クリトリスも気持ちいいけど、こっちもいいみたいだから。でも、ここはさすがに一人でするのは難しいかも……」

ヒイロが、鉤状に指を曲げたまま、腹部側にあるざらついた壁を再び力任せに抉る。

「きゃぁっ!?　あ、あ、あぁ……」

Gスポットを抉られた魔王が、薄い腹部を波打たせて身悶えた。

「指止まってるよ。魔王……クリトリスは自分でして。Gスポットは僕がするから」

「が、がぅうう……そんなこと、わ、わかって……いる……余を誰だと思って……」

ヒイロに促されて、魔王は再び指を動かし始めた。

指を小刻みに振動させ、ぬるぬるの蜜にまみれたしこりをくすぐる。

「うあっ!?　やぁ……ンッ!?　なんだ……これ、は!?　あぁ……気持ちいいのが両方からやってくる!?　あ、あぁあぁあああ……」

身体の奥に刻みこまれていく愉悦と、指先から生まれる強烈な快感とが混ざり合って、魔王を狂わせる。

ひっきりなしに奥から飛び出してくる蜜に顔を濡らしたヒイロは、甘酸っぱい香りを胸いっぱい吸いこみながら、さらに力強く指で魔王のおま×こを責め立てる。

「あぁっ!?　やぁ、やぁあああっ!?　何かクルっ!?　す、すごいの……あ、あぁあ！」

魔王の嬌声がトーンを上げていくのに合わせて、ヒイロは指マンのピッチを上げる。

ぐじゅぐちゅという淫猥な音が、二人の興奮を煽り立てる。

（一人でするのと……全然違う……なんだ……コレは……）

想像以上の快感に、魔王は戦慄していた。

自分が自分でなくなってしまうような不安と、得体の知れない期待とに胸がはちきれんばかり。

（っく……変態エロ勇者のクセに……こんなの……な、生意気……だ……）

いつもは気弱な勇者の指に、これほどまでに一方的に責められるなんて。

「や……そこ、ゴリッってする……な。な、何か……漏れる……漏れちゃ……う」

「漏らしていいよ」

「そんなっ！　子供じゃあるまいし！　だ、誰が、漏らす……かっ！」

魔王の追い詰められた表情と勝気な態度が、ヒイロの嗜虐心を煽り立てた。

ヒイロは情け容赦なく全力でGスポットと膀胱とを刺激していく。

激しく責めれば責めるほど、膣抵抗が増していき、指が動かしづらくなる。

しかし、抵抗されれば抵抗されるほど、逆にヒイロは燃え上がる。

魔王が隠れMなら、ヒイロは隠れSだった。

「うぁっ！　あぁあっ!?　も、もうっ！　だ、だ、駄目ぇえええええっ!?　漏れるっ！　あぁぁあっ！　いやいやいやぁああああぁあああ！」

あまりにも深すぎる絶頂に打ち震えながら、魔王は絶叫した。

刹那、女壺が激しく収斂し、大量の蜜潮もろともヒイロの指を外へと押し出す。

ヒイロが満足そうに顔と身体を起こしたそのときだった。

魔王の膝小僧がわなないたかと思うと、絶頂の余韻に震えるワレメからぷしゃぁっと熱いしぶきが上がる。

「あぁあ……漏れ……る……や、あぁあああ……」

「わわっ!?　本当に出ちゃった!?」

あまりにも激しく苛めすぎたせいで、魔王は本当に漏らしてしまったようだ。

魔王は下腹部に力をこめて、必死にお漏らしを止めようとする。

だが、一度放たれてしまった黄金水は、ちょろちょろと音を立てながら最後の一滴まで垂れ流しになってしまう。

「う、っく……こ、こ、こんな痴態を……勇者に晒すなど……もう、死ぬ……死ぬ死ぬ。いっそ殺せぇええええ……」

魔王が顔を両手で覆って打ちひしがれる。

ヒイロは、そんな彼女の頭を優しく撫でてやりながら宥める。

「ごめん。魔王が可愛すぎて……ちょっと激しく苛めすぎちゃったね。全部僕のせいだから。魔王のせいじゃないから。気にしなくていいから」

「がうぅううう……気にするに決まっているだろう!?　こ、こんな痴態……見られたからには……生かしておかない……死刑！　極刑！　がぅううううう……」

「大丈夫だよ。魔王の恥ずかしい姿なら、もう最初に見てるし」

「バカッ！　それを言うなっ！　それに……それとこれとはまた違……」

「魔王の恥ずかしい姿……もっともっと見たい……」

もう我慢も限界だった。

ヒイロは、自分のズボンをパンツもろとも脱ぎ捨てて、魔王へとのしかかっていく。

「ゆ、勇者っ!?」

いつものおっとりとした勇者らしくない荒々しくも男らしい態度に、魔王の子宮がきゅんと疼いた。

ヒイロは、魔王の膝の裏に両腕を通すと、彼女の腰を抱えこんだ。

勢いあまって、まんぐり返しの体勢になってしまうが、もはや魔王とつながることしか考えられず、そのまま半身を割れ目にあてがい、体重をかけてめりこませていく。

魔王の二枚貝は、ヒイロの指でいじめられて半開きになってはいたが、いかんせんヒイロの巨根を受け入れるにはサイズが小さすぎる。

人一倍大きな亀頭が、入り口のところで引っかかってしまう。

それでも、狭い穴を押し拡げてこようとするペニスに、急に魔王は怖くなる。

「あ、あ……う……ぁ……あぁっ、や、やっぱり……や、やめておく……。こ、こんなの入らない。む、無理……だ……」

魔王はヒイロから逃れようと、彼の肩を押しのけようとする。

しかし、ここまでしておいて、急には中断できない。

「大丈夫……入るから……信じて任せて……」

ヒイロは魔王の手をクロスさせて動きを封じると、さらに腰を沈めていく。

「う、うむ……」

勇者の必死の形相に気圧され、魔王は強張った表情で頷いた。

しかし、魔王のおま×こが小さすぎて、いかに愛液を潤滑油として使おうとも、巨根はそれ以上奥へは入っていかない。

すぐそこにご馳走があるのに、いつまでもお預けを食らっているような状態が続き、ヒイロは焦らされる。

「うう、まいったな。深呼吸して……力抜いて。そんなに力んじゃ入らない」

「ううぅ……っく、そんなこと……わ、わかっている……が、わかっているのと……できるかというのは、また話が別……であろう」

「確かに……」

　魔王の主張ももっともで、ヒイロは方針を変更した。

　ヒイロは、片手で魔王の両手を拘束したまま、もう片方の手で魔王のワレメの付け根をいじり始めた。

「っきゃっ!?　あ、うっ!?　あ、あぁ……やぁ、ンンッ……あ、そ、それ……ビリビリ、来る……あぁ、な、なんで……こんなに……あぁ、はぁン……」

　自分でいじるときとは段違いの快感が押し寄せ、魔王は腰を淫らにくねらせる。

　下腹部の奥から足のつま先まで、甘い疼きが何度も何度も走りぬけ、浅くはあるが小刻みに数えきれないほど達してしまう。

　ヒイロが愛液をまぶした指でクリトリスを捏ね回し始めてからというもの、ヴァギナが激しく蠢き始め、濡れた花弁が亀頭をぬるぬると刺激してくる。

「あぁ……これ気持ち……いい……魔王のおま×こが、僕のが欲しいってねだってきてるみたいで……すご……エッチだ」

「ば、バカッ、な、なんていうことを言うかっ！　し、死刑……だ。おまえなど……絶対に殺して……やる……ンッ、あ、あぁああっ！　ま、また……波が……キて……ふ、あ、あぁあぁあああっ！」

魔王ががむしゃらに頭を振り立てながら、我を忘れて鋭いイキ声を上げた。

ヴァギナが収斂し、鈴口にちゅうっと吸いついた。

と思いきや、次の瞬間、魔王が全身を弛緩させ、ついにペニスの先っぽが魔王の中へと侵入した。

「ふっ、あぁあっ!?　い、つぅ……あ、あぁ……や、あぁ……お、大き……い。さ、裂け……るぅ……」

身体の中心がみしりと軋み、魔王は切羽詰まった声を洩らして身震いした。

「ゆ、ゆっくりするから……」

ヒイロは少しでも魔王の破瓜の痛みが和らぐようにと、クリトリスをいじりながら、少しずつ体重をかけていく。

想像以上の拡張感に、壊れてしまうのではないかと、魔王は青ざめる。

「う、うぁっ!?　うあぁああっ!?　や、あぁ……お、大き、すぎ。あぁ、壊れる!?　死ぬっ!　死んで、しまう!　やっ、あぁ、あぁあ、あぁ……」

ついさっきまで死刑だの殺すだの言っていたのがウソのように身悶える魔王を宥めながら、ヒイロは、ようやく三分の一くらいまで半身を穿つことができた。

「う、あ……締めつけすご……い。ちぎれちゃい……そうだ」

「っく……う、も、もう……全部……入った……のか?」

「いや、ま、まだ……かな?」

「う、ウソっ!?　まだ全部じゃないとか……冗談もいい加減にしろ!」

「ご、ごめん……」

「もういっそのこと、一気にやってしまうのだ……余なら、だ、大丈夫だ。ま、魔王は不滅だからな……」

「いや、そんなワケにはいかないよ——少しでも痛くないように、気持ちよくなってもらいたいし……」

「………」

そう真剣に語る勇者を、心底驚いた風に魔王が見つめ返す。

「く、う……あと少し……我慢して。そしたら……よくなるはずだから」

必死なヒイロに魔王は「うむ」と、素直に頷いてみせると、薄く微笑んだ。

その瞬間、魔王のヴァギナがヒイロのすべてを受け入れた。

「うぁっ!?　あぁあああぁっ!?」

子宮口に強い一撃を食らい、魔王は四肢を引き攣らせ、まぶたを痙攣させた。

細い身体に太い肉芯を穿たれ、息が詰まってしまう。

「はぁはぁ……ようやく全部入った……なかなか入らなくて……ごめん。よく我慢できたね。もう大丈夫だから……」

ヒイロが魔王の汗に濡れた額を優しく撫でてくる。

魔王は心地よさそうに目を細めると、「こ、このくらい魔王として当然だ」と、弱々しい声で虚勢を張った。

破瓜の痛みを快感で上書きすべく、ヒイロが腰を恐るおそる動かし始めた。

魔王の小さなおま×こがヒイロの形に広げられ、その動きに応じて形を変える。

「あぁっ、ん、中……内臓が……掻き出され……る。あぁ……ゴリゴリって……うぁ、奥まで太いのがめりこんでっ!?　う、あぁっ、や、やぁ、あぁあぁンッ」

ヒイロのわずかな腰の動きにも、魔王は全身で鋭敏な反応を見せ、しどけなく身体をくねらせる。

最初は、硬いように感じた膣壁だが、少しずつ肉棒で解されていく。

魔族の身体は、ヒイロたち人間とは少し違うのだろうか？

奥のほうがイソギンチャクのようになっていて、侵入者に執拗なまでに絡みつく。

「う、あぁ……魔王の……奥、す、すごい……気持ちいい……細かい触手みたいのが、いっぱいで……あぁ……これヤバそう……だ」

「ンンンッ、余のが……気持ちよいのか？　余の中で気持ちよくなっているのか？」

「うん、おま×こ全体が吸盤のように絡みついてくるし……奥も気持ちよすぎだし。すごい締めつけ……っく、全部、絞られてしまいそう……」

ヒイロは、二、三度の抽送でイってしまいそうになって焦る。

いつもはあんなにしぶとい半身がウソのようだ。

しかし、自分だけ気持ちよくなるわけにはいかない。

なんとしてでも、魔王をイかせねばと、だんだんと腰の動きを激しくしていく。

たっぷりの愛液がローション代わりになり、グロテスクな肉茎が魔王のヴァギナをリズミカルに出たり入ったりを繰り返す。

「はぁ、あ、あぁンッ!? ふぁ……あぁぁっ! 奥、いい……も、もっともっと、あぁ、欲しくなってしま……う……」

ヒイロの腰の動きに合わせて、魔王が鋭い声で喘ぎ、自らも腰を動かし始めた。

互いの腰を突き出すタイミングがぴったりと合うたび、脳がしびれるほどのエクスタシーが訪れ、その頻度はどんどんと増していく。

「うぁあ! ひ、ヒイロッ!? あぁ、いい……気持ちいい……し、死ぬほど……いい。あ、あ、あぁ……ン」

「……僕も……死ぬほど気持ちいい」

「はぁはぁ、ああ、こ、殺す……つもりが……逆に殺されそ……になるなんて。悔し……い。あ、あぁああっ、いやぁあっ! 今、あっ! す、すごいの……キた。あぁ、またぁ……」

渾身の力をこめたヒイロのピストンに魔王が全身を痙攣させながら乱れ狂う。

ぬぷっ、ずっ、ぬぷ、ずっという淫猥な合奏がクライマックス目指して、最速のビートを刻み始めた。

「魔王……そ、そろそろ……僕も……イき……そ……」

「う、うむ……余も、あ、あ、あぁあっ、深いのが……クる……あぁ、すご、い。ああ、い、い、イクッ！　あぁあああっ、イクぅううう－っ!?」

魔王が背中を弓のように反らすと、形のよい顎を宙に向かって突き出し、悦楽の頂点へと昇りつめた。

「あああっ、魔王っ！」

ヒイロが、絶頂に波打つ魔王の身体を強く抱きしめると、彼女の最奥で滾る欲望を解放してしまった。

外に出さなくちゃ、とか、そういったことに配慮する余裕は残されていなかった。

ただ、魔王の全部を征服したい。その一心で、一滴残らずザーメンを彼女の膣洞へと注ぎこんだ。

「っふ、あぁ……熱いの、いっぱい……奥に……あぁ……中でビクビク、ドクドクして……あぁあ、つ、つながって……る……あ、あぁあぁ」

あられもない声を上げながら、魔王はブルブルと身体を震わせた。

姫壺がヒイロの新鮮なミルクを搾り上げ、歓喜にうねる。

「はぁはぁ……あぁ……コレで……余も仲間になれた……気がする……」

とろんっとした目で、幸せそうにはにかむ魔王を見て、ヒイロはホッとする。

いきなり中に射精《だ》すとか、絶対に嫌われるとばかり思っていた。

「……ごめん。外に射精す余裕なくて……す、すぐ抜くから」

そう言ってヒイロが腰を引こうとすると、魔王が足を絡めてきて、首を横に振る。

「っちょ!?　そんなことしたら……抜けないし……」

「……もう少し……余韻を味わっていたい……のだ。せっかくの初めてなのだしな……」

「そ、そうなんだ」

「うむ……」

頬を赤く染め、恥ずかしそうに可愛いおねだりをしてきた魔王にヒイロは驚く。

(エッチをする前とした後で別人みたいに変わる女の子がいるって聞いてはいたけど、まさか魔王がそうだったなんて……)

いつもが超絶可愛くないせいか、ものすごく可愛く見えすぎて戸惑ってしまう。

せわしなく目を泳がせるヒイロに気づいた魔王が唇を尖らせる。

「……なんだ？　何をキョドっている？」

「いや……その……」

　どうせ、魔王のことだから、「可愛い」なんて言ったら激怒するに違いない。

　なんとかごまかさねば、と、必死に考え、ヒイロは駄目元で魔王に頼んでみた。

「とりあえず、これで僕が魔王を仲間だって思ってるって伝わったんだよね？　それなら名前を教えてくれる？　いちいち魔王ていうのも呼びづらいし」

　そもそも、エッチのときに名前を呼び合えないというのも微妙――という言葉は、敢えて言わずにおく。

「ふむ……そ、それもそうかもしれぬな……」

　毒舌を差し向けて断ってくるかもというヒイロの予想はいい意味で外れた。

「……わかった。耳を貸せ」

「いてててっ⁉　ひ、引っ張らなくても貸すから……」

　ヒイロが魔王の口元に耳を寄せると、彼女は、ものすごく恥ずかしがりながら、彼の耳元にぼそぼそと囁いてきた。

「へえ……マティアっていうんだ？　いい名前だね」

「しっ！　声が大きいっ！　バカッ、死刑、コロスッ！」

　ヒイロの胸倉を掴み上げると、魔王、否、マティアは肩をいからせて激怒する。

　せっかく素直になったかと思いきや、いつもの彼女に逆戻り。

しかし、ヒイロは、前よりも明らかに魔王を近くに感じていた。

「……だから、名前くらいでそんなに恥ずかしがらなくても」

「恥ずかしいに決まっているだろうっ！　二度同じ愚問をするなっ！　オガクズ頭」

「もしかして、名前を教えたのって、僕が初めてとか？」

「っ⁉　うるさいうるさいうるさいっ！　だったら悪いか！」

「悪いっていうか……ちょっと……いや、かなりうれしいかな」

「な、な、ななななっ⁉」

ヒイロの飾らない言葉を聞いた瞬間、マティアは耳まで真っ赤になって言葉を失う。

満天の星空の下、どこまでも甘ったるく気恥ずかしい空気が二人の間をゆるゆると漂っていた。

ヒイロ

職業：勇者
年齢：１６歳
夢　：ハーレムは世界を救う
体力：みんなのためなら僕が犠牲になるっ！
知力：簡単な魔法とアレな魔法ならそこそこ
装備：伝説の剣、伝説の盾、性剣（最近精錬され中……）

クエスト4　あぶない水着の戦士と隠れMの魔王

勇者一行は、ブラックシーサイドを発ち、海路で一路南を目指していた。

勇者の故郷、アリアルドを目指して――

さらなる未開の地へ向けて、真の魔王探しを続行することも考えたが、やはり一度、国王に詳細を報告して魔王に関する情報を他の冒険者たちとも共有したほうがよいということになったのだ。

ちなみに、勇者一行は船旅でも王侯貴族並みの扱い。

一等船室が無料で用意されていた。

が――その一等船室に似つかわしくない悲痛な叫び声が響いた。

「あああっ、また魔王が出たっ！　朝ごはん用につくっておいたサンドイッチが全滅。絶対に見つからなさそうなところに隠しておいたのに……」

「あらあら、これまた派手に食い散らかしましたわね」

悔しそうな声を振り絞るメルの横で、ラーミスがおっとりとため息をついた。

昨晩、棚の奥に隠しておいたサンドイッチが跡形もなくなくなっていたのだ。

「もーっ！　しつけがなってないっ！　どうしてくれようかしら……どこにごはんを隠しても探し出して勝手に食べちゃうんだもの……」

「まあまあ、野良犬みたいなものと思えば、腹もたたないでしょう？」

「……野良犬じゃなくて野良獣よ。なんでもかんでも食べ尽くす勢いだもの！」

「でも、野良獣の恩返しはありがたいわ」

ラーミスがそう言うと、勇者のベッドの上でのたくっている皇帝イカに目をやった。

皇帝イカは、めったにお目にかかれない高級食材。

メルの険しい顔が緩む。

が、その高級食材は獲れたて新鮮にもほどがあり、十本の脚をうねらせて、今や勇者を絞め殺そうとしていた。

勇者への恩返しなのか、嫌がらせなのか、歪んだ愛情表現なのだか、イマイチわかりづらい……。

ううーんとうなされているヒイロを恍惚とした表情で眺めているラーミスに、メルは肩を竦めてみせる。

「まあ、さすがのあたしも、海の中まで狩りはできないし。ありがたいのは認めるわ。だいぶ懐いてくれてるし。犬猫ならまだしも、まさか魔王を拾うなんてって最初はびっくりしたけど……ほら、ヒイロって何かと犬とか猫とか、やたらに拾ってきてたじゃない？　困っている人や動物を放っておけないって……」

「ええ、勇者って、つくづく因果な職ですわよね……」

勇者のおせっかいや善意や使命に振り回されてきた二人のため息が重なり合う。

「まあ、とりあえず魔王とはいってもエセ魔王みたいだし、心強い味方じゃない？　たとえ魔族であっても」

「そこらへんはもうあまり気にならなくなってきたんだけど……ごはんをおいしそうに食べてくれる人に悪い人はいないっていうしね……でも、なんでだろう？　まだ、やっぱりなんか引っかかるっていうか、頭がもじゃってするっていうか。ううーん」

語彙力がないせいか、気持ちをうまく言葉にできず、メルは言いよどむ。

「――それは、魔王が、ルーに似ているからではなくて？」

「っ!?　そ、それは……」

ラーミスに指摘され、メルはハッと息を呑んだ。

「……そうなの……かも。ラーミスに言われるまで気がつかなかった……」

「ヒイロの相方――いわば、私たちにとってのライバルですもの。魔王はあまりにもルーに似すぎている。不安になるなっていうほうが無理ですわ」

「ライバル？」

「あら、違ってました？　少なくとも、私にとってルーはライバルですわ。もちろん、メル、貴女もね？」

「ええええ？　あたしたち、仲間だよね!?　ライバルって？　どういうこと？」

「何をいまさらとぼけていますの？　恋のライバルに決まっているでしょう？」

「こ、こ、恋っ!?」

「ええ」

顔を真っ赤にして素っ頓狂な声を上げるメルにラーミスは鷹揚に微笑んでみせる。

「な、何をいきなり言い出すの!?　こ、恋とかって……あ、あたしは、そ、そ、そういうのじゃなくてっ！」

「またまた、別に隠さなくてもいいんですのよ？　バレバレですもの。賢者の目はごまかせませんわよ？」

「ち、ち、違ーうっ！　変なこと言わないでよ！　ラーミス！」

耳まで真っ赤になってムキになるメルの耳穴にラーミスがふぅっと息を吹きこんだ。

「きゃっ!?　や、やぁ……く、く、くすぐったぁっ！」

「相変わらず、感じやすすぎですわね。メルったら可愛い♥」

「ぅううう、可愛くなんかない！　ただ、そういうの弱いだけなんだってば！」

「あら、どういうのが弱いんですの？　こういうのかしら？」

　悪ノリしたラーミスが、メルの耳穴に舌を這わせた。

　ぐちゅぐちゅといういやらしい水音が鼓膜を通して脳に反響し、メルは必死の形相で耳を手で塞ぐ。

「やめてってば！　あ……ンッ……うぅ……」

　耳を庇うと、ラーミスは胸鎧の下へと手を忍ばせ、大胆不敵にメルのおっぱいを絶妙なタッチで揉みしだき始めた。

「それともこういうの？」

「やぁ……あぁ……ラーミス、駄目……どうした……の？　いきなりこんな……」

　眉根をハの字にすると、メルは時折身体を甘く痙攣させ、悩ましい吐息をつく。

「……まったくメルったら、恐ろしい子。料理も上手で性格もよくて、こんなに感じやすくて可愛いだなんて……。メルが本当の本当に本気を出したら、私、負けてしまうかもしれませんわね」

「ま、負けるって？　な、何のこと？」

　息を弾ませながら、メルがラーミスに尋ねた。

「ヒイロをめぐる戦いですわ。私はヒイロのことを好きですの。メルは彼のこと、どう思っていますの？」

　いきなり恋バナを振られ、そういう話題に不慣れなメルの顔が朱色に染まった。

「っ!?　そ、そりゃ、あ、あたしだって……嫌いじゃないけどっ！」

「――ただメルのことも大好きだから、ヒイロを独り占めはできない。そう思っていましたの。でも、メルがヒイロのことを特に好きでもないというのなら、独占させてもらいますわ。最初は、『みんなの勇者』って思ってましたけど……好きになればなるほど、どうしても独占したくなりますもの」

「っ!?」

　いきなりのラーミスの宣戦布告に、メルはその場に固まってしまう。

「独占……って。そんな……ヒイロはモノじゃないんだから……」

「……メルに遠慮することなく、ヒイロに迫っても、メルは構いませんのね？」

「だから、なんで、いきなりそんなこと……」

「いきなりじゃありませんわ。ずっとずっと悩んでいましたの。いつまでもこのままではいけないって」

「…………」

　いつになく真剣なラーミスにメルは言葉を失った。

「そうかな？　なんで、このままじゃ駄目……なの？　みんな、仲良くで……いいと思うんだけど……」

「ルーを失ったヒイロは、ずっとルーとの思い出に囚われていますわ。それでは、前に進めない。前に進んでいるつもりでも、ただ同じ場所で足踏みをしているだけ。心の傷を癒すには、恋愛が一番効きますのよ？」

「……それは」

「もともと戦いが終わったら、ヒイロの治療に専念するつもりでしたの。結局、本物の魔王探しの旅は、当分の間続きそうだけど、もうこれ以上は待てなくて、ついに一線を越えてしまいましたわ」

「っ!?」

ラーミスの衝撃の告白に、メルは茫然自失となってしまう。

「一線って……その……どういう……」

「仲間と男女の仲を区切る一線ですわ」

「……そ、そ、そうなんだ。お、おめ……でとう……」

メルの言葉は、ガチガチにこわばっていて、ラーミスは苦笑した。

「別に恋人同士になったとか、そういうのではないから安心して。ただ、メルとは正々堂々と戦いたくて。黙ったままでいるのは嫌だから——」

「そ、そっか……」

「メル以外であれば、不戦勝もやぶさかではないけれど、ね」

「ラーミス、ありがとう。なんか……いきなりでびっくりしたけど、ラーミスの気持ちはすごくうれしいな……教えてくれてありがとう……」

ラーミスとメルは、口端を上げてぎこちなく笑い合う。

「で？　メルも私に告白しなくてはならないことがあるのではなくて？」

「っ!?」

にっこりと柔らかく微笑んではいるが、ラーミスの目は笑っていない。

メルはぎくりとして呻いた。

「うぅう……や、やっぱり……気づいてた？」

「ええ、もちろん。賢者の目は節穴ではありませんわ」

「だけど！　あれはどうしようもないことで！　事故みたいなもので……その……なんていうか……自分でもよくわかっていないっていうか……」

「でも、ヒイロを男性として見てしまうようになったことは確かでしょう？」

「……そ、そうなのかな……そうなの……かも……」

メルは、ラーミスの言葉に激しく戸惑いながらも、否定はせずに受け入れた。

ラーミスはそんな彼女に満足そうに頷いてみせる。

「それでいいんですわ。自分に素直になるのが一番ですもの。遠慮している余裕はありませんわ。なんせ、あの魔王ですら、ついにデレてしまったんですもの」

「っ⁉　魔王が……デレた⁉」

「ええ――最近の魔王は、やたら勇者にじゃれつくようになっているし、勇者もまんざらでもないみたいだし。魔王もおそらく私たち同様……勇者と……」

「えええええええええええええええっ⁉　うそっ⁉　ま、魔王まで⁉」

　思わず叫び声を上げたメルの口をラーミスが塞ぐと、神妙な面持ちで頷いてみせる。

「……むぅう、な、なんか……ちょっと腹たってきたかも……」

「まあ、ヒイロは勇者。勇者はみんなのもの。モテて当たり前。競争率高いのは覚悟していましたけど、まさかこんなに急展開とは……さすがの私も想定外でしたわ」

　二人は、皇帝イカに全身をいやらしく緊縛され始めた勇者をジト目で睨んだ。

「――とりあえず、今ならまだ間に合いますわ」

「え？　な、何が？」

「勇者がたった一人を選ばないように断固阻止しなければ――あ、もちろん、私だけを選んでくれるというならそれもありですけど♥」

「ううう、な、なんか……難しい。男女の恋愛って、そういうモノなんだっけ？　そもそもは一対一でってのが基本なんじゃ……」

「勇者に、『普通』の枠が当てはまるはずもないでしょう？」

「そ、それも……そう……かも……」

ラーミスの言葉の一つひとつが、そういうことには疎いメルにはショッキングなものすぎて、メルは混乱してしまう。

「まあそういうワケで、あまりのんびりと構えていると、このままでは魔王に勇者をとられてしまいかねませんわ」

「それだけはイヤ！」

口からついて出てきた言葉に、メルは驚きを隠せない。

が、無意識のうちに発した言葉に、自分の本心を教わったような気がする。

（あたし……勇者のこと、男の人として……好きなの？）

メルは、胸の中で自分に問いかけてみた。

答えは得られないが、妙に心拍数があがって、息がしづらくなる。

（ただ、勇者が誰か他の人だけのものになるのは……絶対イヤ……）

もしも、勇者に誰か恋人ができたら――と、想像するだけで、鼻の奥がツンと痛む。

「ありがとう、ラーミス。あたし、あまり頭よくないし、鈍いから……ラーミスにハッキリと言ってもらって、初めて自分の気持ちに気づけた」

「いいえ、どういたしまして。メルって、身体はこんなに敏感ですのに、自分のことになると、からきし鈍感なんですもの」

「きゃっ!?　やぁっ！」

ラーミスに背筋をつーっとなぞられ、メルはその場に飛び上がった。

「というワケで、お互い頑張りましょう」

「うん」

ラーミスがメルに手を差し出すと、メルはその手をしっかり握りしめた。


「メル、どーだ!?　皇帝イカ、すごいだろ!?　余がとってきた！　まあ、ちょろかった！　いっぱい褒めてもいいぞ！　今夜のごはんはなんだ!?」

魔王がめちゃくちゃ上機嫌でメルへと抱きついてきた。

尻尾をぶんぶん振り立ててじゃれついてくる子犬のように。

「ちょっと……魔王……く、くすぐった……ごはんつくる邪魔しないで……」

「減るもんではなし！　よいではないか、よいではないか！」

魔王が、エプロン姿のメルの胸に顔を埋めて、ぱふぱふっと顔を震わせる。

メルの胸がぶるぶると乱暴なまでに左右に揺れ、今にもエプロンから飛び出してしまいそうになる。

「いいなぁ……」

ヒイロがものほしそうに眺め、隣で本を読んでいた賢者に笑顔で尻をつねられた。

「もう……ヒイロ、魔王、なんとかして！　ごはんの準備できないし……って、ちょ、ちょっとっ!?　ど、どこ触って……」

「フフフ、もう昔の余とは違うのだ……すきんしっぷを知ったからには無敵なのだ」

なぜか自信たっぷりに意味不明なことを呟きながら、魔王はメルの太腿の間へと指を滑らせていく。

「ああっ!?　い、いやぁ……な、何して……みんな見てる……のに……や、あぁン」

ただでさえ感じやすいメルが、必死に唇を嚙みしめ、魔王の愛撫に堪えようとする様がいやらしすぎる。

ヒイロがやはりものほしそうな目をして、ついメルと魔王の絡みをガン見していると、ラーミスが怖い笑みを浮かべて彼の睾丸をひそかに握りしめた。

「いてっ!?　こ、こら、マティア！　セクハラ禁止ッ！」

ヒイロが顔をしかめながら魔王に注意を促すや否や、魔王が耳まで真っ赤になって、その場に飛び上がる。

「ヒイロ！　やめろっ！　そ、そ、その名で軽々しく呼ぶなと言ったであろう……」

「教えてもらったからには、ガンガン使わせてもらうよ。マティア」

「っ!?　うぅうう……お、おまえなんかに……教えるんじゃなかった……」

名前で呼ばれるたびに、魔王がビクンッと身体を痙攣させ、恨みがましそうにヒイロを睨みつける。

しかし、その目に力はこもっていなくて——むしろ、ヒイロのＳ心を刺激するような光が宿っている。

もっともっと名前を呼んで恥ずかしがらせたいという衝動を堪えると、ヒイロは小さな子供を諭すように魔王に言って聞かせた。

「あのね、スキンシップとセクハラっていうのは紙一重なんだ。マティアがメルにしていたのはただのセクハラ。セクハラはしちゃ駄目なんだ」

「がぅうううう、せくはらとすきんしっぷ、どう違うのだ？」

「ううーん……どう違うかって言われてもなあ……」

「相手が嫌がっているか、そうでないか、の違いではなくて？」

ラーミスの助け舟に、ヒイロは「それだ！」と手を打った。

「がうぅううう、メルは……さっきの……嫌がってたか？　余の目には、うれしそうに見えたのだが……」

叱られた子供のようにしゅんっとしょげた魔王にメルのほうが焦る。

「うう、い、嫌ってワケじゃ……ないんだけど……」

「ならば、よいではないかっ！　よいではないかぁっ！」

「きゃぁあっ！　やっぱり駄目ぇぇええええ！　いやぁあああっ！」

嬉々としてがばっとメルに襲いかかる魔王に、ヒイロは頭を抱える。

「……どうやら、魔王のしつけはまだまだみたいですわね？　これじゃ悪エロセクハラ代官ですわ」

「うぅ……どうしてこうなるんだ……」

「しつけに失敗しただけでしょう？」

「う……」

ラーミスの嫌味たっぷりな台詞に、ヒイロは冷や汗をかく。

（魔王ともしちゃったってこと……バレ……てたりする……か。やっぱり……）

ヒイロの心の声を読み取ったかのように、ラーミスは鷹揚に頷いてみせる。

（ラーミス……コワイ……）

何があってもラーミスの目だけはごまかせないことを、改めてヒイロは思い知る。

メルのときもそうだったが、ラーミスの嫉妬による反撃は……すさまじくエロい。

ちょっと想像してしまって、早くも硬くなりつつある半身をヒイロは呪った。

「はぁはぁ……も……う……駄目ぇ……」

「メル……だ、大丈夫？」

魔王に濃厚なスキンシップを強要され、くたびれはてたメルをヒイロが気遣う。

エプロンはしわくちゃになっているし、鎧は外れかかっているし、胸やヒップには手の痕がくっきり残っていて、事情を知らない人が見たら、凌辱されたんじゃないかと疑われてもおかしくない。

とりあえず、さすがにしゃれにならなくなりそうな時点で、ラーミスが「お姉さんが正しい知識《テク》を教えてあげますわ♥」と魔王を外に連れ出してくれたため、いったんは落ち着いた。

が、メルと二人部屋に残されたヒイロは気が気ではない。

「ううう……大丈夫じゃない……魔王、どこであんなの覚えてきたんだか」

「……う」

言葉に詰まるヒイロをメルがうらめしそうに睨む。

「……やっぱり、ヒイロなの？」

「いや、その……」

（やっぱりって何!?）

珍しく勘が鋭いメルにヒイロは焦る。

「ううう、やっぱり……メルの言うとおりなのね……」

「え？」

「……あたしも本気出さなくちゃってことか。そういうの苦手だけどなぁ。でも、こういうこともあろうかと……恥ずかしいのガマンして、アレ買ってきておいてよかった……」

何やらブツブツと真顔で呟き出したメルにヒイロは怪訝そうな顔をする。

「で、ヒイロ！　善は急げってことで、早速なんだけど！　今、時間ある!?」

「う、うん……ある……けど、何？」

いきなり鬼気迫る顔つきでずずいっと身を乗り出してきたメルにヒイロはたじろぐ。

「ちょっと……その……デー……いや、付き合ってほしいことがあるんだけど！　って、いやそのっ！　特別な意味じゃなくて……その……いや、でもやっぱり特別な意味っていうか、その……」

「……いいけど、何？」

「その……ずっと船の中で運動不足だし……ちょっと運動でも……って、いや！　別に変な意味じゃなくてっ！　って、何言ってるんだろう。あたし……うぅうぅう」

メルは一人突っこみを連発しながら、めちゃくちゃテンパッている。

見かねたヒイロが助け舟を出す。

「狩りに行きたいってこと？　近くの島に転移魔法《テレポート》で移動して、また船まで戻ってくるくらいならできるけど」

「そうよ、そうっ！　それが言いたかったの！　ほら、魔王が皇帝イカ《おおもの》狩ってきたでしょ？　負けてられないじゃない？　ここは一発、皇帝鯨でも狩ってこようと思って……って、あたし泳げないんだけど……」

「あれか。今朝は、死ぬかと思ったよ。メルたちが助けてくれなかったら死んでたかも」

「万が一、死んでも、ラーミスが蘇生魔法かけてくれるから大丈夫よ」

「そうはいっても……あまり気持ちがいいもんじゃないしね……」

　なんてことはないといった風にさらりと答えたメルにヒイロは苦笑いする。

　こんな風に死が日常と化してから、もうどれくらい経っただろう？

　勇者一行として、危険な戦いに常に身を置くようになってから、いろんな感覚がもろもろ麻痺していっているような気がする。

　魔法だって万能ではなく、失敗することさえあるというのに——まあ、もっとも、大賢者の呼び名も高いラーミスが仲間である限り、その可能性は限りなく低いが。

「しかし、まさかの皇帝イカ……どうやって狩ってきたんだろ？　しかも、なんでそんな危険なモノ、僕のベッドにわざわざ置いていくんだか……まったく魔王の行動は相変わらず読めないよね……何をやらかすかわかったものじゃないし」

困ったものだと腕組みをしてみせるヒイロをメルがじぃーっと疑わしげに見つめる。

「な、何？」

「……全然迷惑そうに見えないし。むしろ、なんかうれしそう……」

「そ、そう？　いやいや、殺されそうになってうれしいとかないよ……」

「そうかな？　手がかかる子ほど可愛いともいうし？」

「……いや、魔王は僕の子じゃないから」

「うぅううう。だけど、なんか、なんだかなんだよね……むぅうう。怪しい」

メルの疑惑のまなざしにヒイロはたじろぐ。

（さてはメル、ラーミスに何か変なこと吹きこまれたな。メルって素直すぎてすぐに感化されるしな……ラーミスも何を考えているんだか……）

ヒイロは自分のことは棚に上げておいて、腹黒賢者の企みに戦々恐々とする。

「とりあえず、邪魔が入らないうちに！　デー……じゃなくて、狩り、行こ！」

「うん、わかった」

「五分で準備してくるから、待っててね！」

「了解」

メルは、足取りも軽く、自分の部屋へと戻っていく。

元気を取り戻したメルを見て、ヒイロはホッと胸を撫で下ろした。

ヒイロとメルは、近くの無人島へと転移魔法でやってきた。

まるでリゾート地のように美しい景色を誇る海岸で、浜に打ち寄せる波の音に耳を傾けていると、あの激しい戦いの日々が遠いものに思えてくる。

折しも、夕暮れ時で、真っ赤な太陽が水平線にゆっくりと溶けていく様にヒイロは見入っていた。

「……平和だなぁ……僕にも、いつか、こんな夕焼けをのんびり眺めていられる日がくるのかな……」

ヒイロがぽつりと呟いたそのときだった。

「勇者……お、お待たせ……」

メルが岩場から顔だけ覗かせてきた。

その顔は真っ赤で、やたらもじもじしている。

どうしたんだろう？　と、ヒイロは不思議に思っていたが、すぐにその理由は明らかになった。

「…………」

唇を噛みしめて岩場から現れたメルは——水着姿だったのだから。

ただし、水着は水着でも、いわゆるアブナイ水着と称されるモノで……。

腹部はひし形にくりぬかれ、引き締まった下腹部とおへそが完全に露出しているし、下乳もはみ出んばかりにむっちりと見えてしまっている。

もちろんハイレグカット。

あまりにも過激な水着を装備したメルにヒイロは目を剝いた。

「っちょ!?　メル！　な、なんで、そんな……格好!?」

「べ、べ、別に——ただの水着だし……」

「いやいやいやいやっ！　それ、水着っていうか……むしろ紐だよ！　紐！　うわぁ……実物着ているのって初めて見た……てっきりネタ装備だとばかり……」

「ううううぅう、い、言わないでよ！　あたしだって、これ買うのも着るのもめちゃくちゃ勇気がいったんだから！」

「なんでそんな……勇気を？」

「だって……本気を出さなくちゃ、魔王に勇者をとられちゃうってラーミスが……」

「へ？　魔王が僕を？」

「うん……それはイヤだなって……だから、なんとかしなくちゃって必死に考えてみたんだけど……あたしあまり頭よくないし、こういうのしか思いつかなくて……ヒイロ、こういうの好きだって聞いてたから……勝負水着にと思って、こないだのマーケットで買っておいたんだけど……」

メルが涙ぐむと、顔を真っ赤に染めていまさらのように胸元と股間を手で隠す。

その大胆にもほどがありすぎる水着とは、あまりにも対照的な羞恥の仕草がヒイロの欲望に火をつける。

「ぅうう……や、やっぱり恥ずかしすぎ。ど、どうしよう？」

「どうしようって言われても……どうしよう……」

目のやり場に困りながら、ヒイロがしどろもどろになる。

「こういうとき、どうしたらいいかわからなくて。今までずっと剣の修業に明け暮れていたから……」

「僕もそれは同じで。よくわからないんだ……」

「そっかあ……勇者もわからないのね」

「う、うん」

なんだか、互いにホッとし合って、緊張がほぐれる。

「……ヒイロ、こういうのは……嫌？　あたしには似合わない？」

「嫌じゃないし！　っていうか、すごく似合いすぎて……困るくらいだし」

「どうして困るの？」

「そ、それは……その……この間みたいなことになりそうで……申し訳なくて」

「別に……あたしはヒイロにだったらいいって言ってるのに」

「メル……」

「軽蔑されちゃうかもしれないけれど、この間の……忘れられなくて……ラーミスにも言われたけど、あたしは……ヒイロのことが……」

意を決した風にメルが何かを告白しようとしたそのときだった。

今まで、凪いでいたはずの海が、急に様相を変える。

ゴゴゴゴゴゴ……と、不気味な地鳴りがして、ヒイロとメルはハッと身構え、海の彼方へ目をやった。

荒ぶる波頭の向こう側に、巨大な影が確認できる。

「――っく！　モンスターか!?」

ヒイロが鞘から引き抜いた剣の刀身は、不気味な色に輝いていた。

ついさっきまでの穏やかなひとときが一転し、緊迫した空気に包まれる。

「あれは――皇帝イカッ!?」

大剣を構えたメルが、目を凝らして敵の正体を確かめ、鋭い声を上げた。

次の瞬間、二メートルはある高浪と、皇帝イカの太い足が二人へと襲いかかる。

避ける間もなく、二人は荒ぶる海の中へと引きずりこまれてしまう。

「きゃあぁあぁあああああああっ！」

「メルッ!?」

荒波に揉まれながらも、ヒイロは胴部に巻きついた皇帝イカの足を切り捨てた。

メルに向かって泳ぎながら、手を伸ばす。

泳げないメルも、苦悶の表情でヒイロへと手を伸ばす。

あと少し――ヒイロの手がメルの手を握りしめようとする直前、足を切られ、怒り狂った皇帝イカがヒイロへと襲いかかる。

「っくっ!? 邪魔する……なぁああああぁっ!」

ヒイロは、波間から顔を出して、息継ぎをしては、襲いくる足を次から次へと一刀両断にする。

激しい海流にもまれて思うように動くことができない。

時間が経てば経つほど、ヒイロは焦る。

やがて、ヒイロは、ようやくメルを捕まえている足を切り落とすことができた。

「っ!」

メルの目がカッと見開かれたかと思うと、彼女は残る力を振り絞り、皇帝イカの目をめがけて、大剣を突き刺した。

会心の一撃――大剣は皇帝イカを貫通した。

断末魔の叫びならぬ、墨を吐き散らしながらのたうち回る皇帝イカ。

視界を墨に覆われ、ヒイロはメルの姿を見失ってしまって焦る。

やがて、墨が海水に霧散していき、なんとかヒイロはメルの姿を発見できた。

無我夢中でメルの元へと泳ぎつくと、岸を目指して泳ぐ。

しかし、沖へと引きずりこもうとする力のほうが強く、少し気を抜けば、瞬く間に海岸が遠ざかってしまう。

モンスターも恐ろしいが、自然の脅威もまた恐ろしい。

「……はぁはぁはぁ……げほっ……ごほ……」

なんとか岸まで辿りつくことはできたが、メルはぐったりとして動かない。

したたかに水を飲んでしまい、鼻も喉も焼けるように熱い。

「……メルッ!?　しっかりするんだ！」

ヒイロは、回復魔法を何度も何度もかけ続ける。

だが、メルの顔も唇も青ざめたまま、ピクリともしない。

「うそ……だろ!?　そんな……」

不吉なデジャヴがヒイロに冷や水を浴びせる。

ヒイロも蘇生魔法を使えることは使えるが、ラーミスのそれと比べて精度が低い。

失敗してしまえば、二度と蘇生魔法は使えなくなってしまうためリスクが高すぎる。

いったん転移魔法で船に戻り、ラーミスに助けを――とも思うが、メルをここに置いたままというワケにはいかない。

　もうすぐそこに夜が迫っている。

　万が一、メルをここに残して、メルが魔物に食べられでもしたら、取り返しのつかないことになってしまう。

　ルーのこともあって、もう二度と仲間を一人、危険な場所へと残していくなんて、ヒイロには考えられないことだった。

「死ぬなっ！　メル！」

　ヒイロはメルのみぞおちに両手を重ねておくと、心臓マッサージを始めた。

　同時に人工呼吸も行う。

　必死だった。なんとしてでも、メルの命を呼び戻さないと、と、必死に原始的な蘇生術を続ける。

　しばらくして、メルが咳きこむと同時に水を吐き出した。

「メルッ！」

「はぁはぁ……ヒイ……ロ？」

「よかった！　本当によかったっ！」

　息を吹き返したメルの身体をヒイロが力いっぱい抱きしめる。

　メルは、自分の身に何が起こったか、最初は理解できていなかったが、ややあって、自分が溺れかけ、ヒイロに助けてもらったのだとおぼろげに察した。

「……ヒイロ、心配かけてごめん。海の狩りは……やっぱり無謀だったね……」

「ううん！　メルが無事ならいい！　本当に無事でよかった……メルまでいなくなったらどうしようって……」

「ごめん……なんだか、最近、ヒイロに助けてもらってばかりで盾失格ね……」

「そんなことない！　さっき敵に致命傷を負わせたのはメルだし。助かったよ」

「……ヒイロって……本当に優しすぎ……」

メルが顔をくしゃっと歪め、ヒイロの目をじっと見つめると、額にキスをした。

そのまま、互いに見つめ合い、唇を重ねていく。

生死をさまよった反動か、メルの身体は生きているという実感に渇望していた。

「ン……ちゅ……っふ、はぁはぁ……んむっ……あ……ンぅ……」

鼻から抜けるような声を洩らしながら、メルはヒイロの唇を無我夢中で貪る。

冷たくて柔らかな舌が喉の奥まで突き入れられ、ねちっこく絡んでくる。

「……ヒイロ……ン……はぁ……なんだか……すごく寒い……」

腕の中でガタガタと震えるメルの身体は氷のように冷えきっていた。

ヒイロは服を脱ぐと、メルの背中をさするようにして、自分の体温で温めにかかる。

「ン……あったかい……ヒイロ……」

メルは、ディープキスに溺れながら、ヒイロの身体に脚をからめてくる。

ひんやりとした大きなおっぱいがヒイロの胸へと無遠慮に押しつけられ、ヒイロは、そんな場合ではないとはわかっていても、その弾力を強烈に意識してしまう。

素肌同士が触れ合う生々しい感覚に、たちまち身体が火照る。

「ちゅ……あ、っはぁ……どんどん……熱くなって……シンンッ……あぁ……」

ぬくもりを取り戻し、人心地ついたメルは、下半身に押しつけられた力強い硬さへと気づいた。

(熱くて硬い……これって……ヒイロの……)

この灼熱の棒で激しく穿たれたときのことを思い出し、メルは息を呑む。

胸の奥が熱を帯び、下腹部の奥が疼く。

「あ……ヒイロ……なんか、その……あ、当たって……る」

「ううう、ご、ごめん……そんな格好で、こんなことされたら……その……いや、そんなことしている場合じゃないってわかってはいるんだけど……」

互いのせわしない胸の鼓動が伝わってきて、二人とも急に恥ずかしくなる。

「これ……だと、身体の芯まで……あったまる……かな?」

「うん、たぶん……」

「じゃあ……ヒイロ……して……」

ものすごく恥ずかしそうに、掠れた声でメルがヒイロの耳元に囁いた。

ヒイロの罪悪感が吹っきれた途端、半身はさらにぐんっと力強く屹立し、メルの下腹部をぐいぐいと押し上げる。

「あ、あぁ……恥ずかしい……から、そんなに急いで押してこないで……」

「ご、ごめん……こいつ、全然僕の言うこと聞かなくて……」

ヒイロは砂浜に横になってメルと向き合ったまま、ペニスをいったん引き下げ、メルのむっちりとした太腿の隙間へと挿入していく。

しかし、ペニスは勢いあまって、ヴァギナには収まらず、にゅるんっとメルの尻の下から突き出てしまう。

「っきゃ!?　あぅ……ヒイロ、そこ……違……う」

「ご、ごめん。うまく挿入《はい》らなくて……」

ヒイロが何度か挿入しようとトライするも、肉棒は水着の紐状の股布越しに柔らかな媚肉をこすり上げるだけ。

「っふ、あぁ……や、あ……」

熱い肉棒に敏感な花弁をこすられ、今か今かと身構えるのに、肝心の場所には入ってこない。

愛液にまみれた肉棒がメルの豊満なヒップの下から出たり入ったりを繰り返す。

俗に言う素股の状態で焦らされ、メルのM心が熱く燃え上がる。

「あ、ヒイロ……焦らさない……で。こ、ここ……そう……あ、あ、あぁ、ンンン！」

メルが羞恥を必死に堪えて、ヒイロの濡れたペニスを正しい場所へとあてがい、自ら腰を突き出していく。

「め、メル……」

恥ずかしいことが苦手で、こういったことには疎いはずのメルが、いやらしい水着を着て羞恥を堪えながら自分のブツを膣内に収めようとする姿にヒイロの興奮が滾る。

「ああっ！　もうっ！　エッチすぎだからっ！　メルッ！」

ヒイロが喚くように叫ぶと、メルのおっぱいを水着越しに鷲づかみにして、腰を思いきり強く突き上げた。

「きゃぁああぁああっ！」

いきなり、深い箇所を力任せに突き上げられ、メルは引き攣れた悲鳴を上げる。

熱く滾った肉棒が、ガンガンとがむしゃらに子宮を突き上げてくる。

メルは息も絶え絶えといった様子で、その猛攻から逃れようとしてしまう。

しかし、肉食獣と化したヒイロが、もはや彼女を逃がすはずもない。

「あぁああっ！　メルッ……メルッ！」

メルの名前を呼びながら、大きな乳房を捏ね回し、水着の下からツンと主張した乳首をかじってくる。

「や……いたっ……ヒイロ、か、かじっちゃ……だ、め……食べない……で。あぁ」

「だってこんなの止まらない！　メルが、エッチすぎなんだもん……あ、あぁ……すごく熱くなってきてる……まだ、まだだ。まだまだ……メルを温めないと……」

ヒイロはメルのおっぱいにしゃぶりつき、尻たぶを揉みくちゃにしながら、果敢にピストンを続ける。

奥を突き上げられるたび、子宮が痺れ、鋭すぎる快感がメルの全身に拡がっていく。

「あぁっ！　はぁあっ！　ヒイロ……熱い……すごく熱い……あぁ、あぁ……い、いい。気持ちよすぎて……おかし……ンッ、あ、あぁっ！　だ、駄目っ、イクッ、んぁっ、あ、あぁああっ！　やぁあああぁんっ！」

メルの反応に合わせて、ヒイロはペニスを突き上げざま、腰を大きく回してみた。

灼熱の肉刀がスクリューし、メルの奥深くへとめりこんだ。

「——っ!?　あぁあああっ、あぁあああああ！」

メルが身体を激しくビクつかせると、全身をわななかせながら絶頂を迎えた。

しかし、ヒイロはエクスタシーに溺れるメルへとさらなる追い討ちをかける。

「はぁはぁ……メル……メルの全部をあったためたい……んだ……」

メルがイクたびにきゅっと引き締まるヒップ。そこが気になって仕方がない。

ヒイロはピストンをゆるゆると続けながら、彼女のヒップを左右に割り開いた。

「っきゃっ!? ひ、ヒイロッ!? な、何を……」

「こっちも……あっためてあげる……」

ヒップの谷間に息づくすぼまりへと、愛液を塗りたくると、ヒイロは親指をそこへ挿入れるべく力をこめていく。

「やっ!? だ、駄目っ! そ、そんなとこまでっ!? そこっ! ち、違う……」

焼けそうな痛みを尻穴に覚えて、メルは混乱してしまう。

だが、ヒイロがメルの水着越しに乳首を吸い上げた途端、甘やかな快感が走りぬけ、それと同時にヒイロの親指がついに菊座へとめりこんだ。

「んぁあっ!? い、痛っ!? や、焼けちゃ……う! や、やぁ、いやぁああ! ヒイロ、そこ駄目ぇええええぇ……」

「くうぅぅ……メル、すごい締まる……これ、ヤバ……すぎ……」

前も後ろも強烈なまでに締まり、ヒイロは奥歯を噛みしめて、射精の衝動を堪えた。

「あぁ……そんな汚い……とこ、駄目……あ、あぁ……」

メルは必死の形相で腰をくねらせ、ヒイロの指と肉棒から逃れようとする。

が、かえっていやらしく男を誘うような動きになってしまい、それが余計にヒイロの牡を燃え上がらせる。

「やっ……中でまた……おっきく……なって……」

「メルのが……すごい気持ちいいから……あぁ……これ、すごい。病みつきになっちゃいそうだ……」

ヒイロがメルの尻穴の中で指をくねらせながら、腰の抽送を再開した。

指をくねらせるたびに、鍛え抜かれた括約筋がきゅううっと収斂し、ペニスを万力のように締めつけてくる。

ただでさえ、メルの締めつけはきついのに、それに加えて、指の刺激に合わせて、ぬるぬるの膣壁がうねって絡みついてくる。

すでにメルの蜜壺は大量の蜜に溢れており、ヒイロが尻穴に食いこませた指を動かすたびににゅるぬると肉槍を熱心に揉みこんでくる。

「あ……う、あ……はぁ……っく……」

メルの表情に愉悦と苦悶が交互に滲む。

「すごくエッチな顔してる……メル……」

乱れた息を弾ませながら、ヒイロが徐々に腰の動きを加速させていく。

ヒップの穴はヒイロの指を物欲しげにねっとりと締めつけてくる。

「ああ……こっちも欲しがってる……メル……」

「ち、違……う。そ、そっちに……なんて、無理……」

メルがヒイロの腕を摑んで、首を左右に振る。

しかし、制止しようとしている一方で、アヌスとヴァギナは「もっともっと」とうねりまくり、ヒイロをねだる。

「あああ……メル！　両方……僕が欲しいって、こんなにねだってるのに！」

ヒイロは感極まった風に叫ぶと、狂ったように腰を振り立て始めた。

ずんずんっと子宮口を強く突き上げられ、メルは髪を振り乱して身悶える。

「うあっ！　うあぁああっ！　やぁあっ！　ヒイロの、奥っ！　ああぁ、奥まで響いて。あぁ、いやぁ、こんなの……いやぁああぁあンッ！」

「――っく、はぁはぁ……あぁ……僕の何が届いてる!?　メル!?」

「いやっ!?　そ、そんなの……い、言えない……そんなはしたないこと……」

「言って――メルの口からいやらしい言葉、いっぱいいっぱい聞きたいんだ！」

ヒイロがメルの尻穴を拡げるように指を回しつつ、ピストンを始めた。

前も後ろも同時に激しく責められ、メルはぜえぜえと荒い息を繰り返しながら、全身をくねらせて暴れ狂う。

だが、いくら逃れようとしても、極太の肉棒で身体の中心を串刺しにされているため、これから標本にされてしまう蝶のように逃れることはできない。

「や、あぁ！　あぁあっ！　ヒイロの……あぁ、おちん×んがっ！　奥まで……あぁあああ、突き刺さってて……うぁあっ！　うあぁんっ！　何度も何度も……イっちゃう！　あぁああ！　ワケわからないくらい……イっちゃ……うぅう！」

水着から露出したメルの腹部がひっきりなしに痙攣し始め、時折、きつく硬直するたび、二人のつなぎ目から甘酸っぱい蜜潮が飛沫を上げる。

「はぁはぁ……メルがいっぱいいっぱいイってるの……僕のに全部伝わってくるよ」

「あぁあっ！　言わないでぇっ！　そんな……こと……は、恥ずかし……すぎ……」

メルが、息も絶え絶えに目尻に涙を浮かべながらヒイロに懇願するも、歓喜に躍るヴァギナとアヌスはあまりにも素直すぎた。

「メル……もっと恥ずかしくしてあげる。そしたら、もっと気持ちよくなれる……から」

ヒイロが、尻たぶを揉みこんでいた手で、メルの水着の胸元を引き下げると、迫力のおっぱいが外へと飛び出してくる。

「きゃっ!?　あぁあっ！　やん……こんな、の。エッチす、ぎ……あぁああ」

「うん……すごくエッチだ……だけど、エッチな水着を着て僕を誘ってきたのはメルだしこうなることを期待してたんじゃないの？」

わざと意地悪な言葉を選びながら、ヒイロはメルの生乳房を音をたてて吸い上げる。

「ち、違……あぁ……そ、そんなつもりじゃ……あ、音……や……あぁ」

「そんなつもりもないのに、こんなエッチな水着を装備したがるほど、メルってエッチなんだ？」

「違う違うっ！　あぁあああ……ヒイロだけ……ヒイロだけ、特別……なのっ！」

「うれしいよ。メル……それじゃ……こっちも……もらっていいかな？」

ヒイロが、だいぶほぐれてきたアヌスに指を二本突き入れた。

「ん、はっ⁉　あ、あぁ……そ、そんなとこ……ど、どうする……の」

メルは、息を詰まらせておののき、上ずった声でヒイロへと尋ねた。

「ここに僕のおちん×んを挿入れるんだ……」

「し、死ぬ……そんなの死んじゃう……」

「大丈夫だから……前からも後ろからも……メルを温めてあげたいんだ……」

「ヒイロ……」

熱のこもったヒイロのまなざしに、ついにメルが折れた。

「わ、わかった……信じる……から……」

「うん——それじゃ……さっきより激しくするね」

メルの了承をとりつけたヒイロが、水を得た魚のように、腰を跳ね上げ始めた。

「きゃ、あぁ……は、激し……強……すぎ……あっ、あぁ！　おなかの奥……あ、ああ、そんなにしちゃ、こ、こ、壊れ……ちゃう⁉　あぁあああっ！」

大きく目を見開くと、メルは唇をわななかせ、頭を前後左右に振り立てる。

凄まじい速度で蜜壺を抉られ、何度も何度も立て続けに深くイかされてしまう。

「あぁああっ、ヒイロッ！　あぁ、いっぱいいっぱいイっちゃってる。あぁ、エッチ！　こんなのエッチすぎ……あぁああぁああ！」

メルがヒイロの背中にツメを立てると、ぶるぶるっと身震いした。

姫壺全体が収縮し、ヒイロからザーメンを搾り取ろうとする。

「っく――まだ。まだだ。まだ終わらない……」

ギリギリのところで射精をこらえきったヒイロが、絶頂の余韻にぐったりとしているメルの身体をひっくり返した。

細かい砂のついた太腿が妙になまめかしく見える。

Tバックの紐をずらすと、指でよくよく解されたセピア色の菊穴が現れた。

ヒイロは大きく張ったヒップを摑むと、左右に割り開き、暴発寸前の肉棒をアヌスへと食いこませていく。

「ひっ!?　い、っつぅ……あ、あ、あぁああ……」

身体を弛緩させていたメルが、信じられないほどの拡張感に打ち震えた。

それは指を挿入れられた比ではない。

破瓜のときと同じ、否、それ以上の痛みと不安に駆られ、脂汗が滲む。

「や、っぱり……太すぎ……は、入らな……い。そ、そんなの無理。無理ぃい……」

「大丈夫。メル……前も大丈夫だったよね？」

「う、うん……」

「それじゃ、任せて……」

「……うん」

ヒイロに尻たぶを優しく撫でられ、メルの表情が少し和らぐ。

と、それと同時に、アヌスの力が抜け、ヒイロの半身がずるりとメルのヒップの奥へと呑みこまれていった。

「そ、そんなっ!? う、うそっ!? あ、あ、あぁあああああぁあああっ！」

メルが絶叫し、ビクビクッと肢体をしならせる。

「う、あ……だ、駄目……ぇ……あ、ああ……」

ヴァギナ以上に狭い箇所をめいっぱい押し拡げられ、思うように息もできない。

奥が焼けるように熱く、ものすごくむず痒い。

前のほうとはまた違った鈍い快感が、じわりと沁みてくる。

もうこれ以上は絶対に無理——メルがそうヒイロに訴えようとしたそのとき、ヒイロがじりじりと腰を動かし始めた。

「やっ！　う、動かさないでっ！　こ、壊れ……ちゃう！」

「ゆっくり……慣らしていくから。安心……して……前も……ちゃんと後から気持ちよくなれたよね？」

「う……う、ん……」

ヒイロに宥められ、メルはこわばりきった顔を緩めた。

締めつけがわずかに緩み、ヒイロは少しずつ少しずつ腰の振り幅を開いていく。

「はぁ……こっちも……気持ちいい。前よりもつるつるで。あぁ、いいよ。メル」

「あぁああっ!?　そっち、わ、ワケわからない……か、痒くて……や、あぁ……」

「どこが痒いの？　僕ので掻いてあげる」

恥ずかしそうに腰をもじもじと揺らすメルに触発され、ヒイロがペニスでアヌスの最奥を力任せに穿った。

「きゃぁあっ！　や……そ、それ……掻いてない……あぁ、振動、すご……すぎ。ああ、痒い……だ、出して。お願い……無理ぃ……」

メルの必死の懇願も、今のヒイロには淫らなおねだりにしか聞こえない。

「すごいんだ……射精して欲しいんだね……わかったよ」

「ち、違っ!?　そ、そういう意味じゃ……あ、あぁっ！　あぁあああぁっ！」

ヒイロが本格的にメルの腰を抱えこみ、一心不乱に腰を打ちつけ始めた。

濃い香りと乾いた音、湿った音とが入り混じり、激しい振動に合わせて、メルのお

っぱいやヒップ、太腿が派手に揺れる。

「あぁっ!? いやっ！ あ、あぁっ、あぁあああ！ ウソッ!? こんなのウソッ！ そんなトコでもっ!? イっちゃうなんて!? あ、あ、いや、いや、いやぁああっ！」

頭をがむしゃらに振り立てながら、メルが背筋を反らせて、空を仰ぐ。

ヒップにえくぼができ、踏ん張った足が生まれたての小鹿のようにわななく。

「うう、っくぅ——射精るよ……射精……るっ!? あ、あ、あぁあっ！」

ヒイロがメルのヒップを掴むと、渾身の力をこめて腰を打ちつけた。

メルが力み、尻穴がすぼまり、ペニスを締めつけると同時に、下のワレメからは大量の淫液が小水のように音をたてて漏れ出た。

「う、あ……ふ、深い……あぁ……深……すぎ……」

アヌスに熱いザーメンが迸り、開発されたばかりの内膜に沁みる。

痛みと痒みと快感が複雑に入り混じった初めての快感に耐えきれず、メルは腰を高く掲げたままがくりとその場に崩れ落ちてしまう。

「はぁはぁ……熱……」

しばらくの間、ヒイロはメルの身体に覆いかぶさったまま果てていたが、やがて額の汗を拭いながら、メルのヒップから腰を引いた。

濁った体液が、半開きになったままのアヌスから溢れ出てくる様にドキリとする。

「……うう、メル、ごめん……大丈夫？　ちょっと……温めすぎちゃった……かも」

我に返ったヒイロがメルに声をかけるも、メルは腰を高く掲げるといった扇情的な姿勢のまま、ぐったりと砂に伏せて動かない。

「ああ……もうしないって誓った矢先からコレだ……」

ヒイロは嘆息しながら、海水に腰をつけて半身を洗う。

している最中は、何もかもが頭からふっとんで、ワケがわからなくなっているが、事後のこういった我に返るひと時がどうにもむなしい……。

「でも……メルが無事でよかった……」

心地よさそうな寝息をたてるメルを眺めながら、ヒイロがそう呟いたそのとき——

「——何がよかったというのだ？　エロバカ勇者」

殺意がこもった声が上空からかけられた。

「っ!?」

ヒイロがハッと声のしたほうを見上げると、そこには赤い満月を背負った魔王の姿があった。

ドラドラの翼が巨大化し、それで魔王は宙に浮いていた。

「魔王っ!?　ど、どうしてここに!?　ラーミスと一緒だったんじゃ……」

「余は呑みこみがいいそうでな。特別授業はとっくの昔に終わり、戻ってみればおまえとメルの姿がないから捜しにきてみれば――」

「ち、違うんだ！　これは……そのいろいろとハプニングが重なって……」

腕組みをし、怒りを露わにする魔王を前に、ヒイロは必死に状況を説明しにかかる。

魔王がどこまで自分たちの行為を見ていたのかわからず、テンパってしまう。

「皆まで言わずとも、最初から最後まで見ていた――余に隠れてコソコソすきんしっぷをはかるおまえたちを邪魔しようと、試しにモンスターをけしかけてみたが逆効果とか。まったく、おまえたち人間の考えることはよくわからぬ……」

呆れた風にいう魔王の言葉は、聞き捨てならないものだった。

「待て……もしかして……さっきのって……魔王がやったのか!?」

ヒイロが真顔で魔王に問い詰める。

「ああ、そうだ。魅了魔法《チャーム》を使えば、モンスターを操ることだってできるのだ」

魔王がドラドラを首から外すと、ヒイロの前へと軽やかな動作で着地した。

ヒイロは、あまりにも唐突すぎるモンスターの襲撃の原因を知り、呆然とその場に立ち尽くしている。

「なんで……そんなこと、したんだ?」

「……だって……メルだけ……勇者だけズルい。メルなんて……余のすきんしっぷはせくはらだって断ってきたし……」

魔王の言葉を耳にすると同時に、ヒイロは彼女の頬を叩いていた。

「なっ……」

今まで誰にも頬なんて叩かれたことがない魔王は愕然と目を見開く。

「何を――するっ!?　余に手を上げるなど……百万年早いわっ！」

魔王が咆哮すると同時に、空一面に縦横無尽に雷《いかずち》が走る。

赤い瞳に怒りを燃やし、杖を構えた魔王の身体からは、殺気が迸っていた。

反射的に、ヒイロは剣の柄に手をかけていた。

しかし、そんな自分に気づき、慌てて柄から手を離す。

そうこうする間にも、魔王は呪文を唱え、杖にまとわりつく雷がどんどんと大きくなっていく。

極大雷撃《ギガサンダー》魔法、たった一撃で熟練の冒険者をも瀕死に陥れる恐るべき範囲魔法。膨大な魔力を必要とするため、使い手は数えるほどしかいない。

死闘をくぐりぬけてきたヒイロですら、目にするのは初めてで、戦慄する。

「やはり――余は仲間ではなかったのだな。仲間に攻撃をしてくるなど……ありえぬ……」

「っ!?　今のは攻撃じゃないっ！」

「ならば、なんだと言うのだ!?」

「仲間が間違ったことをしたら、ちゃんとそれは間違っているって指摘し合えるのが仲間だ！」

「……っ!?　利いた風な口を利くなっ！　勇者のクセに生意気なっ！」

「コンのっ！　わからず屋っ！　言ってわからないなら、力ずくで教えるまでだ！」

そう言うと、ヒイロは決死の覚悟で魔王の胸元へと飛びこみ、当て身を食らわした。

「――っく！」

不意をつかれた魔王の身体がよろめくのを見てとると、ヒイロはそのまま彼女をその場へと押し倒した。

今まさに杖から放たれようとしていた極大雷撃魔法《ギガサンダー》が、空へと向かって放たれる。

凄まじい稲光が走り、夜空が白く染め上げられ、真昼のように明るくなる。

「な、何をするっ！」

「仲間の過ちは仲間が正すべきだから！　ちゃんとわからせる！　おしおきだ！」

「おしおきだと!?　余を愚弄するなっ！」

魔王が再び呪文の詠唱を始めた。

が、その唇をヒイロの唇が塞いだ。

「ンッ!?　っむ……ん……っふ……んんんーっ！」

魔王が顔をそむけ、ヒイロの唇に噛みつこうとする。

だが、ヒイロは彼女の頬を指で挟むようにして唇を半開きにさせると、その間へと舌を滑らせた。

「ンンンッ!?」

くぐもった声を洩らすと、魔王は首を左右に振ってヒイロから逃れようとする。

しかし、ヒイロの舌は魔王の口中の奥深くへと突き入れられ、彼女の舌に執拗なまでに絡みついてくる。

「っはぁはぁ……ンぅ……む……ぅ……ンンンッ……ちゅ……」

甘い快感に戦意を削がれ、魔王はついヒイロの舌に応じてしまう。

(っく、こいつ……絶対に殺す……コロ……ス)

殺気を奮い立たせて、魔王はヒイロの首に手をかけた。

そのまま手に力をこめようとするが、ヒイロの舌先が舌裏の太い血管をクニクニといじってきて手に力が入らない。

「っちゅ……ン……生意……気。ンンンッ……っふ……ううぅ……ン。やめ……っ、っくぅう……ンはぁ……」

吐息混じりの悩ましい声を洩らしながら、魔王はピク、ピクッと身体を甘く反応させてしまう。

「う……ぁ……はぁ……はぁ……ン……うぅ……ヒイロ……」

どのくらい長くキスをしていただろう？

魔王が、何度も何度もキスだけで浅く達してしまい、ぐったりと砂浜に身体を預けきった頃合を見て、ヒイロはようやく彼女から唇を離した。

二人の唇の間を唾液の糸が結んで、つぅっと消えていく。

悔しそうに唇を噛みしめている魔王の目元はすでに上気していた。

だが、勇者に頬を叩かれて、傷つけられたプライドがそう簡単に収まるはずもない。

魔王は、怒りに燃え盛る目でヒイロを睨みつける。

「……さっきのは、魔王が悪い。反省しなくちゃ駄目だ」

「誰が反省などするものかっ！　そんな言葉、余の辞書にあると思うかっ!?」

猛然と抗議してくる魔王に、ヒイロは苛立ってしまう。

「反省って言葉を知らない限り、みんな傍から離れていってしまう！　なんでわからないんだっ!?」

「わからぬものはわからぬのだから仕方ないだろうっ!?　たかが皇帝イカごときをけしかけただけでなぜ大騒ぎするのか、さっぱりわからぬっ！　ただのちょっとしたいたずらではないかっ！」

ガンとして自分の過ちを認めようとしない魔王にヒイロは苛立ちを隠せない。

「魔王にとっては、たいしたことのない敵でも、僕たちにとってはそうじゃないんだ！」

「はっ！　あの程度のモンスターが強敵とでもっ!?　勇者一行が聞いて呆れるっ！」

「……まったく……頑固だな……本気でおしおきしないと、わからないみたいだね」

「っ!?」

ヒイロの声色がガラリと変わり、魔王は胸騒ぎを覚える。

（本気のおしおき？　なんだ……それは……）

「今回はスキンシップじゃないから、手加減しないからね――」

ヒイロが嗜虐心を剥き出しにした目で魔王を見据えると、彼女の身体をひっくり返し、ドレスの裾をたくし上げた。

真っ白なヒップとドラゴン模様がプリントされた縞々のショーツが月明かりの下、露わになる。

「な、なんだっ!?　何をしようというのだ!?」

魔王がうつ伏せになったまま、肩越しに後ろを振り返るのと、ヒイロが魔王の腰を抱えこむのが同時だった。

腰だけ高く突き上げる、交尾をねだる雌猫のような姿勢を強要され、ただでさえプライドが高い魔王の頬に朱が散らばる。

「っく――勇者の分際で……余にこんな獣じみた格好をさせるなど、断じて許せぬっ！　死刑だっ！　死刑っ！」

魔王がいつものように毒舌を振るうも、その語調は弱い。

それに気づいたヒイロが、とある予想に熱く胸を震わせ、魔王のヒップをショーツ越しに円を描くように撫でた。

「っ!?」

魔王がビクンッと身体をしならせると、たちまち尻たぶと太腿が鳥肌立つ。

「な、な、何を……する……」

「へえ……魔王って……やっぱり、こういうほうが好きなんだ……」

「こ、こ、こういうほうってなんだっ!?」

「前にも教えたよね？　魔王はMだってこと……恥ずかしければ恥ずかしいほど感じちゃうタイプだって……」

「なっ!?　余は怒っておるのだぞっ！　目が節穴にもほどがあるっ！」

「口ではそう言ってるけど、もう沁みになっちゃってるし——」

「っ!?　ち、違うっ！　そ、そ、そんなはずは……」

ヒイロの熱い視線を股間に痛いほど感じて、魔王はたまらず手を後ろに回して覆い隠そうとする。

しかし、ヒイロがその手を摑んで自由を奪うと、空いているほうの手でショーツの沁みへと触れてきた。

「ほら、もうこんなにも大きな沁みができているんだよ？」

ヒイロの人差し指が沁みの縁をつつぅっとなぞっていく。

「うっ、っく……や、やめろ……コロス……ぞ!?」

「これって……イヤって言いながら、感じてる証拠だよね？　それとも、僕とメルのを見てこんなになっちゃってたの？」

「っ!?　うるさいうるさいうるさいっ！」

わざと挑発してくるようなヒイロの言葉に魔王は激しく動揺してしまう。

ものすごく腹立たしいのに、その一方で、胸が妖しく締めつけられる。

倒錯した感情に戸惑いを隠せない。

「あ……ほら、また沁みが拡がった……こんな風に言葉でいじめられるだけでも感じるなんて。魔王はメル以上のMかも……」

陶然としたため息を洩らすと、ヒイロは魔王の手を掴んだまま、薄手のショーツを剝いていった。

「あっ!?　や、いやっ!?　やめ……ろっ!?」

魔王が腰を左右に振りながら、ヒイロの手から逃れようとしたが、かえってショーツを脱がす助けにしかならない。

紐状となったショーツが太腿のところで止まった。

ヒップの下、小さなヴァギナが半開きになって、いやらしい涎を滴らせている。

愛液は、ショーツの股布へと糸を引いて落ちていく。

「ほら、すごく濡れてる……人のことエッチだのなんだのって言えないよ、コレ。まだなんにもしてないのに、こんなに濡れてるって……魔王だってよっぽどエッチだ」

「やぁあああっ!?　み、見るな！　こ、コロス！　もう絶対にコロスッ！」

ヒイロが魔王の花弁に指をねじこんで、わざとくちゅくちゅと音を立ててみせると、魔王は顔を激しく左右に振り立てながら声を荒げた。

「だけど、こんなに濡れてちゃお仕置きにならないから、いったんリセットするね」

ヒイロがハンカチを取り出すと、魔王のワレメへとあてがい、愛液を拭きとった。

「あぁっンッ!?　や……あぁ……」

敏感なところにちょっと触れられただけで、魔王の唇から熱を帯びた嬌声が洩れ出てきてしまう。

「ほら、ただ拭いてあげただけなのに……エッチな声出てるよ？」

「が、がぅうううううっ！　そんなの、き、気のせいだっ！」

「とりあえず、これでよし、と……リセット完了。それじゃ、いきなり挿入れるね」

「えっ——!?」

ヒイロの言葉に、魔王は青ざめた。

「ま、待てっ!?　こ、この状態で何を入れるというのだっ!?　ま、まさか――」

「わかってるくせに――おしおきだから、優しくしないから――」

「っ!?」

敏感な粘膜に滑らかな熱い塊が押しつけられ、魔王はヒイロがこれから自分にしようとしていることを悟った。

「ま、待てっ！　濡れてもいないのにっ！　そ、そんなに大きな剣……入るはず!?」

言葉半ばで、灼熱の肉槍が食いこんできて、魔王は言葉を詰まらせる。

「ンンッ!?　い、痛っ!?　や、や、入らぬっ！　入らぬと言っている……のに……」

魔王の秘所は、ただでさえ小さくて、ヒイロの極太の肉刀だと、愛液の力を借りなくては収まりきらない。

「うあっ！　や……あぁあっ!?　や……め……や、あぁ……ぬ、抜いて……そんなの無理……」

小刻みに震えながら、魔王が腰を引こうとする。

しかし、ヒイロが魔王のヒップを強く摑んで逃そうとしない。

「どうして？　すきんしっぷしたかったんだよね？　コレが欲しかったんじゃ？」

「あぁうっ!?　そ、そんな……言い方するなっ！　だって、いつもと……違う……」

「それだけ僕が怒ってるってことだよ。魔王は僕を怒らせるようなことをしたんだ」

「あぁっ!?　なぜだ……わ、わからぬっ！」

「魔王が反省して、謝らない限りは、また同じことを繰り返すだろうから、今回は徹底的にお仕置きするから……」

狭い姫穴にじりじりと肉棒を穿ちながら、ヒイロは歯を食いしばる。

濡れていない魔王の秘所はあまりにも窮屈で、かなりの圧をかけても、なかなか奥へと入っていかない。

想像だにしなかった抵抗に、中折れしてしまうのではないかと気が気ではない。

それでも——お仕置きなのだから、きつくなくちゃ意味がないと自分に言い聞かせて、雄々しく腰を進めていく。これじゃ、どっちのお仕置きだかわからないなと内心独りごちながら。

「う、あぁああっ!?　こ、壊れるっ!?　裂けるっ!?　太すぎ……るっ!?」

濡れているときよりも、ずっと大きくて硬いモノに貫かれていく感覚は、破瓜のそれよりもさらに強烈なものだった。

（余が……恐怖を感じるなど……ありえぬ……）

恐怖とは無縁だった魔王に、得体の知れない恐怖が忍び寄ってくる。

「っく……さすがにきつすぎ……る……か。でも……まだまだ……あと少し……」

ぎちぎちと締めつけてくる姫壺に抗いながら、ヒイロは根気強くペニスを魔王の中へと埋めていった。

ものすごく長い時間をかけて、ようやくペニスは魔王の膣内へと呑みこまれていく。

「はぁはぁ……ようやく……入った……」

「っく……うううっ。う、動かすなっ！　絶対に動かすなよっ！　死ぬ……」

「……大丈夫、死なないから」

ヒイロが宥めるように魔王に言うと、歯を食いしばって腰を少し前後させてみる。

膣全体が肉棒に張りついてきて、思うように腰を動かせない。

「きゃっ!?　う、動かすなと……言うにっ！　あぁあぁあ……」

魔王が四肢を硬直させると、苦悶に顔を歪めた。

少しヒイロが動くだけで、ペニスに内膜を引きずり出されてしまうのではと焦る。

強烈な締めつけに堪えながらも、ヒイロはいったん肉棒が抜け出てしまうギリギリのところまで腰を引くと、全体重をかけて斜め上から腰を打ちつけた。

ヒイロの腰と魔王のヒップが派手な音をたててぶつかると同時に、一瞬、魔王の意識が飛んでしまう。

「きゃっ!?　あ、あぁあああっ！　いやぁあああぁっ！」

少し遅れて、魔王は目を大きく見開いて絶叫した。

身体を貫いたすさまじい拡張感と、子宮に響いた衝撃のあまり、息すらできない。

「うぁ……や……やめ……」

「魔王が自分の間違いを認めるって言うならやめてあげるよ」

「っく……だ、誰が……あぁああっ！」

いまだに反省の色を見せない魔王の反論を待たずに、ヒイロは力任せに肉杭を打つ。

「はぁはぁ……くぅう……こんないやらしい拷問に……負けてなるものか……余は、ずっと長い間、あの屈辱的なスライム縛りに耐えてきたのだぞ……」

「これは拷問じゃない。愛のムチだよ」

「愛……だと!?」

「そう……魔王のためを思うからこそ、ここで自分の過ちを認めてもらわなくちゃならないんだ」

ヒイロが魔王の腰骨を摑むと、ピストンの動きを速めていく。

最初は、動きづらかったが、強引な抽送を繰り返していくに従い、潤滑油が染み出てきて、ずいぶんと動きやすくなる。

「う、あっ！　やぁっ……あ、あぁあああ……ン！　余のため……だと!?　愛だと!?　そんなものは……き、詭弁だっ！　あ、あぁぁあああっ！」

バックからガンガン突かれながら、魔王は髪を振り乱してよがり狂う。

まだあまり濡れていないせいで、実際よりもずっと太いモノで攻められるような感覚は、魔王の本能を妖しく刺激し、昂ぶらせていた。

（なぜだっ！　こんな屈辱的なことを強要されているのにっ！　前よりも……ずっとずっとすごく……感じてしまう……これが勇者の言うＭ……なのかっ⁉）

悔しければ悔しいほど、恥ずかしければ恥ずかしいほど、無理やりされていると感じれば感じるほど――心身が昂ぶってしまう。

自分が知らなかったもう一人の自分を否定しようとする魔王だが、ひっきりなしに激しい連撃がヴァギナに打ちこまれ、とてもそんな余裕はない。

「あぁあっ！　も、もうっ⁉　それ以上は――」

「……魔王、イクの？　こんなに無理やりされてるのに……イっちゃうんだ？」

「ち、違うっ⁉　そ、そんな……ワケ……な……」

「そっか――」

魔王がオルガスムスを迎える直前で、ヒイロは腰の動きを止めてしまう。

「――え？」

肩透かしを食らった魔王が、肩越しにヒイロを怪訝そうに見つめる。

「簡単にはイかせてあげないよ。じゃないと……お仕置きにならないから……」

ヒイロが歌うように言うと、大きく手を振りかぶり、その手を魔王のヒップへと力いっぱい振り下ろした。

「きゃうぅううンっ！」

想像だにしなかった平手打ちに、魔王は悲鳴を上げて身震いする。

ヒップに可愛いえくぼができ、姫胴がきゅっと締まる。

「う、あぁ……っく……ぅうう……こんなことをして……ただで済むと思うな」

この期に及んで、なおも生意気な態度を崩さない魔王がヒイロを燃え上がらせた。

「……聞き分けのない子には……お尻叩きの刑が効くんだ」

「余を……こ、子供扱いするな……」

「子供だよ。自分の過ちを認められないのは、子供だ――」

ヒイロがもう一度、手を振り上げ、魔王のヒップを平手打ちした。

「きゃあぁああぁあああんっ！」

深々と貫かれたままの肉棒に、平手打ちの振動が伝わってきて、魔王は甘い悲鳴を堪えることができない。

ヒイロは、腰の抽送を再開しつつ、何度も何度も魔王のヒップを叩く。

（あぁ……う、お腹の奥に……じんじん伝わって……くる……）

ペニスが平手打ちの振動を、子宮はおろか全身へと拡げていく。

ゾクゾクするような重たい快感と、肉槍のピストンによる深い快感とが、交互に魔王を攻め立てる。

「うぁっ!?　そ、それ……ずるい……ぞ……あぁ、こんな……こんなの……」

　何度も叩かれたヒップは、赤く腫れ上がり、手の痕を残す。

　表面がむず痒くて、いても立ってもいられない心地になる。

「ずるくないよ？　お仕置きなんだから。お仕置きされるようなことをした魔王が悪いんだからね？」

　ヒイロは腰の角度を変えて、上下左右の膣壁を縦横無尽に抉りつつも、けしてイかせはしないように強度を調整して、魔王を焦らしに焦らす。

「うっ！　うぁあああああ……あ、あぁああ……やぁ……こ、こんなの……た、堪えられぬ」

　ヒイロは、尻を叩かれるたびに、全身をわななかせて、ヒイロを締めつけてくる魔王が愛おしくて堪らないという気持ちに駆られる。

　お仕置きのはずなのに――今すぐ全身全霊をこめて魔王を狂わせたいという衝動を我慢するので精いっぱいだった。

「魔王……可愛いすぎだ……そんなに一生懸命感じて……」

　小さなヒップを優しく撫で回しながら、ヒイロは背後から折り重なるようにして、魔王の首の付け根にキスをした。

「うぁっ!?　全然っ！　全然一生懸命などではないっ！」

首を左右に振って、魔王はヒイロを睨みつけるが、その目はすでに蕩けていた。

「ああ……我慢できなくなっちゃいそうだけど……でも、それじゃお仕置きにならないから、我慢しないと……だね……」

欲望を露わにした声で、ヒイロは魔王の耳元に囁いたかと思うと、空いているほうの手で彼女のおっぱいを鷲づかみにした。

そのまま、おっぱいを揉みしだき、乳首をつねり上げながら、ヒップを叩く。

「きゃっ!?　あ、あぁっ！　や……あぁあっ!?　も、もう……イクッ！　イクッ！」

嬌声を上げながら、魔王はヒイロの腕の中で身悶える。

まるで、その様は暴れ馬を躾けようとする騎手のよう。

魔王が全身をくねらせ、逃れようとすればするほど、ヒイロはお仕置きの手を強めていく。ただし、イク寸前で責めを緩めながら。

「あぁあっ！　こんなっ！　こんなのひどすぎるっ！　焦らすなっ！　あぁもうっ！　これ以上焦らしてくれるなっ！」

ついに、焦らしに焦らされた魔王が半狂乱になって恥ずべき懇願をした。

この瞬間をヒイロは待ち望んでいた。

「魔王——自分が悪かったって反省できる？」

「わかったっ！　反省……するからっ！　余が悪かった！　だから……だから……」

「伝わったようだね。それじゃ――魔王の望みどおり、イかせてあげる」

魔王の頭を優しく撫でると、ヒイロは欲望のリミッターを解除した。

真っ赤になったヒップを掴むと、全体重をかけて、魔王のヴァギナを貫いた。

最奥を強く穿たれると同時に、ようやく魔王は絶頂を迎えることができた。

「あぁあっ！　あぁあああっ！　気持ちっいいっ！　気持ちいいっ！　あぁああ、すごくいいっ！　もっともっと……もっとひどく……してぇっ！」

焦らされた挙句の絶頂は、今までのどのエクスタシーよりもすさまじく、魔王を一瞬で狂わせるに十分だった。

(何を……言っているのだ。余は……ありえぬ……ありえぬっ！)

魔王は、我を忘れて腰をいやらしくくねらせ、ヒイロに淫猥なおねだりをする。

そんなおねだりをされて、理性を保っていられるはずもない。

「わかった――それじゃ、全力でするね」

ヒイロは赤く腫れたヒップを見据えると、全力で腰を突き始めた。

小さな穴が自分の半身で、蜜を撒き散らしながら押し拡げられたり、すぼまったりする様を見つめながら、狂ったように肉棒を暴れさせる。

「あっ！　んあっ！　あぁああっ！　すご……い。あああ、いっぱいいっぱいイク！

んあぁああっ！　ま、またぁ……と、止まらない……ンンンッ！　あぁぁあ！」

魔王が激しい絶頂を迎えるたびに、肉壺がペニスを絞り上げ、つなぎ目から潮が飛び出してくる。

ヒイロは、時折魔王のヒップを叩きながら、高みを目指して突きまくる。

「ぁあああっ！　ま、またっ！　ああ、イクッ……イクイクイクぅううぅっ！」

涙を流し、絶叫を上げながら、魔王はエクスタシーの無間地獄に溺れてしまう。

あまりにも立て続けに激しくイかされすぎて、息すらまともにできない。

ぜえぜえと喘ぎ狂いながら、魔王は自らもヒイロの動きに合わせて腰を振り立てる。

「んんんっ！　あぁああっ！　ヒイロの剣にっ、めちゃくちゃにされ……てる。あぁああ、イイッ！　いっぱいいっぱいイキすぎちゃ……う！　あぁ、イイッ！　イクぅ！」

絶え間なく襲いかかってくる深いオルガスムスに、もはや魔王としてのプライドも何もかも、どうでもよくなっていた。

あまりにも強く激しいピストンに没頭しすぎたヒイロの半身は、摩擦でこすれ、湯気が出るのではないかというほど、熱を持ち始めていた。

「あぁああっ！　マティアッ！　僕も……イクッ！　うぁああっ！」

ヒイロが、ギリギリのところで、気合もろとも灼熱の肉槍を引き抜いた。

ずぽっという派手な音がしたかと思うと、今まで奥にせき止められていた大量の愛液と潮とがおもらしのように垂れ流しになる。

「――っ!?　んんぁあああ！　んんぁあんあぁあああっ！」

涎を垂らし、幼子のように泣きじゃくりながら、魔王も鋭く達した。

赤黒いペニスは、歓喜のあまり打ち震えながら、魔王の腫れたヒップにむかって、びゅるるるるっとザーメンを撒き散らした。

熱い精液が、敏感になっているヒップへと沁みていく。

「ンンッ……あぁ……あ……あぁ……」

熱を持ちじんじんと疼くヒップにヒイロの白濁を受け止めた魔王は、呆けきった表情でがくりと砂浜に伏した。

あまりにも何度も深くイキすぎて、呻き声とも喘ぎ声ともわからない不明瞭な言葉が、勝手に唇から洩れ出てしまう。

半ば酸欠状態で――意識がみるみるうちに遠のいていく。

「ああ……マティア……」

ヒイロが、魔王を背後から抱きしめると、荒いため息混じりに彼女の耳元に囁いた。

その声が魔王の意識をかろうじて現実へととどめる。

「ヒイ……ロ……」

こうやって名前を呼ばれ、名前を呼び返すことが、しみじみとうれしくて照れくさくて、魔王の口元に淡い微笑みが浮かぶ。

二人は互いの温もりを感じながら、しばらくの間、事後の余韻に浸っていた。が、しばらくして、我に返ったヒイロが、慌ててザーメンまみれになったヒップを海水で洗ってやりながら呟いた。

「ううう、ちょっとやりすぎた……かも」

「……かもではない。やりすぎだ……バカモノ……」

拗ねたように言う魔王が、捲れあがったドレスを元に戻す。

「ご、ごめん」

「ふん！　さっきと全然態度が違うではないか！」

さっきの勇者を思い出してしまい、魔王の頬がかぁっと朱に染まる。

「だって……それは……魔王が僕を怒らせるようなことをわざと言ってきたから……」

「ワケがわからぬ……」

「メルは泳げないって知ってた？　さっき死にかけたんだ……もう二度と会えなくなるところだった……」

「……っ!?　そう……だったのか……」

　なぜ、ヒイロがあそこまで怒るのか、いまいちピンときていなかった魔王だが、ようやく自分がしでかしたことに気がつき、愕然とする。

「だ、だが……さすがにそんなに簡単に死にはしないだろう!?」

「いや、人って簡単にいなくなっちゃうものなんだ……マティアが思うよりもずっと脆くて弱くて、いつも別れは隣り合わせなんだ……」

　絞り出すようなヒイロの声に魔王は、ハッと息を詰まらせると、恐るおそる尋ねた。

「ヒイロ……泣いてる……のか？」

「………」

「勇者のクセに……泣くな……」

　仏頂面でそう言いながらも、魔王は自分を抱きしめてくるヒイロの手をぎゅっと強く握りしめた。

　すると、ヒイロも彼女の手を強く握りしめ返す。

「なぜだ……おまえが泣くと……余まで悲しくなってくる……」

　魔王の目から大粒の涙が零れ落ちていき、ヒイロの手を濡らした。

「本当は、いつだって怖いんだ。仲良くなればなるほど、別れが怖くなる。昔、突然、仲間をなくしたんだ……幼なじみで……ずっと一緒だって思ってたのに……」

「……そうだったのか」

「こんな思いをするくらいなら、一人で旅をしたほうがよっぽどマシだって……」

「それは違う！　違うぞっ！」

「マティア？」

ものすごく迷った後で、魔王は消え入りそうな声で呟いた。

「そんなことを言われては困る。余はこのパーティーが……結構気にいっておるのだ。安心しろ。余は簡単にはいなくならない。みんな……余が護ってみせる。だから、恐れるな！　泣くなっ！　世界最強の魔王が味方なのだぞ!?　大船に乗った気でいろ」

魔王の怖いほど真剣な言葉にヒイロの胸が熱く震える。

今まで、勇者相手にこんなことを言ってくる人物は皆無だった。

「……ありが……とう。確かに……魔王が味方なら百人力かもね」

「かもではない！　百万人力なのだっ！」

がうっと牙を剝く魔王に、ヒイロは笑いをさそわれる。

「人間がそれほどまでに脆いものとは知らなかった。ただの一般人ならまだしも、勇者パーティーは不滅くらいに思ってた。だが、おまえはかつて仲間を失ったのだよな。けして、不滅ではないのだな……」

「うん……」

「知らないじゃ済まされないことをやらかしてしまったことは理解した……余はどう

したらいい？　メルに合わせる顔がない……メルには、もう嫌われたか？」

　魔王の手が震えていることに気づいたヒイロは、深いため息をつくと、彼女の頭を優しく撫でて励ました。

「ううん、大丈夫。ちゃんと事情を説明して謝ればいい。メルなら絶対にわかってくれるはずだから」

「……あ、謝る……って、どうやるんだ？　今までそんなことしたことない……」

『ごめんなさい』って頭をさげるだけでいいんだよ。簡単なことだ」

「うぅうう、そんな言葉も余の辞書にはない……ぞ？」

「マティアの辞書って……ボキャブラリー少なすぎ……」

「がぅうううう！　失敬なっ！　たかが『ごめんなさい』だろ！　無敵の余にできぬはずはないっ！　やってやる！　やってやるぞっ！」

　魔王は拳を握りしめると、神妙な面持ちでうんうんっとヒイロに頷いてみせる。

　ヒイロの脳裏に、軽快な音楽と共に「魔王は『ごめんなさい』を覚えた」という謎の言葉が響いた。

「……そっか。マティアは僕たちの常識みたいなもの、わかってなかったんだね。それなのにごめんね。さっきはついカッとなってしまって……。最初っから説明しておけばよかった」

「いや――余に向かってあんなに本気で怒ってくれる人は今までいなかった。だから、余はいろいろ間違ったまま、ここまできてしまったのだと思う……」

傲岸不遜がデフォルトの魔王のものとは思えない殊勝な言葉にヒイロは耳を疑う。

「おまえたちと旅をして、いかに自分の知らぬことが多いか、思い知らされる」

「……マティア」

「もっともっと――いろいろ教えてほしい。何が間違ってて、何が正しいか……」

「僕でよければ」

「――おまえでないと駄目だ」

「えっ!?」

魔王の率直な言葉にヒイロの胸が甘く高鳴った。

「魔王にモノを教えるに相応しい人間など、勇者くらいしかおらぬだろう?」

「はは、確かに――」

ふっと魔王が真顔になると、口ごもるように呟いた。

「余は……人にどうすれば好きになってもらえるとか、よくわからぬのだ……」

「大丈夫。僕は……マティアのことが好きだよ」

「っ!?　な、な、なんだ!?　何を突然、いきなり言い出すかっ!?」

声をひっくり返して、魔王が慌てふためく。

「――僕だけじゃない。ラーミスもメルも魔王のことが好きだよ」

「っ!?」

魔王の顔が赤くなったり青くなったりするのを、ヒイロはいとおしげに眺めている。

「がうぅうううううぅうう、な、なんだ、それ……悔しいやらうれしいやら、ワケがわからんぞっ！」

「えええええ？　うれしいのはわかるけど、悔しいって、なんで……」

「知るかッ！　ちょ、ちょ、ちょっと！　散歩に行ってくるっ！　夕飯には戻るっ！　そのときにメルにも『ごめんなさい』する！」

魔王が捨て台詞を残してドラドラに何やら命じると、瞬く間にドラドラは空高くから舞い降りてきて、全長十メートルもの大きさへと変化した。

「うおわっ!?　ドラドラってこんなに大きくなれたのかっ!?」

驚きと興奮に目を輝かせるヒイロにドヤ顔をしてみせると、魔王はドラドラの背に飛び乗り、大空高くへと舞い上がっていった。

「……すごいなあ。やっぱり本物……か……」

大空を旋回するドラドラの姿を見上げたヒイロは目を細める。

その表情は、どこまでも晴れやかで、その目には熱がこもっていた。

ハーレムクエスト

本当の仲間を取り戻せ！

船は途中、さまざまな街へと寄港し、二カ月後、ようやくアリアルドへと到着した。

アリアルドは、冒険者ギルドの総本山で、多くの冒険者で賑わう国でもあり、歴代の勇者を輩出してきた国でもある。

勇者の帰還に国中が沸き、船着場から城にかけて凱旋パレードが行われた。

ヒイロたち一行が魔王城を攻略したという噂は、彼らがブラックシーサイドに姿を見せた時点で、一気に世界中に広まっていた。

噂だけが一人歩きし、実際に魔王が倒されたワケではないのに——ヒイロたちが見事魔王を倒して世界に平和が訪れたことになっていた。

六頭立ての馬車に乗り、国民たちに手を振って応えながら、ヒイロが苦笑する。

「どうしよう……なんか、もうすっかり僕たちが魔王を倒したことになっちゃってるけど……」

「……迂闊でしたわね。ちょっと考えればわかりそうなことですのに、日夜、回復魔法の強化で精いっぱいで……失念していましたわ」

「ど、どうしよう……」

「どうするも何も、こうなってしまった以上、選択肢は二択しかありませんわ。もういっそのこと魔王を倒したことにしてしまうか、それとも正直にありのままを国王に報告するか」

「ウソはつけないよ。国に対する裏切りになるし……」

「ならば、腹をくくって、国王に報告するしかありませんわね」

まったく動じないラーミスにヒイロの腹も据わってくる。

「やっぱりそれしかないか……」

「確かに、ちょっと言い出しづらいけれど、こればっかりは仕方ないものね。そもそも噂を鵜呑みにしちゃうっていうのもいかがなものって思うし」

ヒイロ、ラーミス、メル、三人の憂鬱なため息が重なり合う。

「それにしても、帰りが楽すぎて拍子抜けだったなぁ……まさか、船に乗りっぱなしでここまで帰ってこれるだなんて……」

「それは私たちが道を切り拓いた賜物ですわ。国交が断絶していた国と国との和平を取り持ったりもしたでしょう？　魔王打倒の旅には、もれなく他の恩恵もセットでついてくるものだと、歴史が証明していますわ」

「へえ、僕たちの旅って、結構、みんなの役に立ってるんだね」

「結構どころじゃありませんわ。数兆ゴールドの規模で経済が動くんですもの。それなのに勇者一行に与えられる報酬は名誉のみ――まあ安上がりですわね」

　生々しいことを口にするラーミスの話の矛先をヒイロが変えた。

「ホントに最初はキツかったよね。魔王城がどこにあるかもわからない中、あちこちで情報を集めて……もう五年になるんだ……」

「今、振り返ってみれば、あっという間だった気がしますわね。冒険をしている最中は、気が遠くなる程、果てのない旅に思えたものですけれど」

「うんうん、本当にいろいろあったね。濃い五年間だった……」

　メルもラーミスもしみじみとヒイロの言葉に頷いてみせる。

　皆、遠い目をして、物思いに耽ってしまう。

　口には出さずとも、長い旅の始まり、今までの厳しい旅の道のりに思いを馳せているのだとわかる。

　旅立ちのときには、ルーがヒイロの隣で笑っていた。

　まさかそのときの仲間が一人欠けてしまうことになるなんて――旅立ちのときには

思いもよらなかった。

　全員が顔を曇らせる中、メルが明るい言葉で重い空気を吹き飛ばす。

「って、もう旅が終わったモードになっちゃってるけど、本物の魔王を倒すまでは、まだまだ旅は続くんだからね？」

「……はは、確かに。そうだね。ごめんごめん」

（マティアは本物の魔王だと思うんだけど……せっかく仲良くなれたワケだし、このままエセ魔王ってことにしていたほうがいいんだろうな……）

　ヒイロはメルにぎこちなく笑ってみせる。

「まあ、それでも、本物の魔王を倒す旅に出る前に、少しくらい休みをとってもバチはあたらないでしょう？　年中無休、無給で働いてきたわけですし」

　ラーミスがにこやかに毒舌を振るう。

　確かに彼女の言うことにも一理あり、ヒイロとメルには反論の余地がない。

　久しぶりに戦いを忘れてのんびりできたら――と思いながら、ヒイロが尋ねた。

「そういえば、マティアは？」

「アリアルドへと着く少し前に、『ちょっと出かけてくる！』って、ドラドラへと乗ってどこかへいってしまいましたわ」

「そっか……どこ行っちゃったんだろ。ちゃんと戻ってくるかな？」

「大丈夫でしょう？　『ちょっと』って言ったんですもの」

「だといいけど――」

ヒイロが、不安そうに窓の外へと目を向けた。

と、同時に思わず、ぷっと吹き出してしまう。

「……っちょ、あ、あれ……マティアじゃない？」

「あら、本当……」

「うわぁ……一応……敵の本拠地に堂々と乗りこむとか……すごい度胸……」

人ごみの中、変装用の赤いメイド服を着たマティアが、ちゃっかり勇者凱旋お祝いグッズと思しき帽子をかぶり、「おかえり勇者♥」とプリントされた旗を嬉々として振っているのが見える。周囲の楽しげな雰囲気に流されすぎにもほどがある。

　全員が全員、互いに苦笑し合い、一気に脱力した。

「相変わらず、マティアの行動は読めないなあ……まさか魔王に凱旋をお祝いされるなんて考えてもみなかった……」

「どうやら完全にデレましたわね――マティア、怖い子……」

「まあ、楽しそうでよかった。この様子なら心配いらないわね。ちゃんと『ごめんなさい』もできるようになったし。初めて、魔王に『ごめんなさい』されたときには、ものすごくびっくりしたけど……」

肩を竦めてみせるメルに、ヒイロはうれしくなる。

ヒイロが魔王に一生懸命手を振ってみせると、魔王はべーっと舌を出して、首に手刀をあて、首斬りのゼスチャーをしてみせる。

相変わらず素直じゃないなぁと呆れるヒイロだが、ニヨニヨ笑いが止まらなくなって困ってしまう。

（こういうのも悪くないな——）

悪くないというよりも、今となっては魔王なしのパーティーなんて考えられない。

（素直じゃないって、僕も人のこと言えないよな……）

ヒイロは、独りごちて苦笑した。

国王の謁見の間に、高らかにファンファーレが響き渡った。

控えの間で正装した勇者たち一行が、緊張の面持ちで謁見の間へと歩みを進める。

「——勇者ヒイロとその仲間たちよ。よくぞ長くつらい旅を乗り越え、見事魔王を打ち倒し世界に平和をもたらした。その功績を讃え、地位と名誉を授けよう」

玉座に座った国王の朗々たる言葉に耳を傾けていたヒイロが、緊張の面持ちで顔を上げた。

盛大な凱旋パレードをしてもらった手前、ものすごく言い出しづらいが、魔王城で起きたことをきちんと説明しなくてはならない。

「恐れいりますが、国王。僕……いえ、私たちは、魔王城を攻略はしましたが、魔王を倒したワケではありません」

「……何を申す!?　魔王城は持ち主を失い、瓦礫の山と化したと報告を受けておる。魔王が倒された証であろう」

「ですが……僕たちは魔王とは戦っていません」

「──戦っていない……だと？」

「はい」

ヒイロの言葉に国王の顔色がみるみるうちに青ざめていく。

「そんなハズはない！　おまえたちは間違いなく魔王と戦っているハズだ！」

「…………」

国王の言葉に違和感を覚えたヒイロがラーミスを見ると、ラーミスは、この場は自分に任せて欲しいと小さく首を縦に振ってみせる。

「戦っていないというのであれば──魔王をどうしたのだっ!?」

「国王、申し訳ございません。勇者は熾烈な戦いの末、少し混乱しているようですわ。少しお休みをいただいて、後日あらためて報告させていただいても構いませんか？」

「うるさい！　魔王をどうしたのだと聞いているのだ！　勇者が魔王を倒さずにおめおめと帰還するなど、前代未聞の不祥事である！　そんな筋書きは聞いたことがない！」

「………」

　国王の取り乱しように、その場に居合わせた全員が息を呑む。

　ヒイロは、自分の耳を疑う。

（今……国王はなんて言った？　筋書き……だって？）

　筋書きという国王の言葉が、ヒイロの想像以上に、胸を深々と抉っていた。

「どういう……ことですか⁉　筋書きって……」

「ヒイロ、駄目……ここは私に任せ……」

「どういうことですかっ！　国王っ！」

　ラーミスが止めるのにも構わず、気がつけばヒイロは剣の柄に手をかけ、国王の玉座へと向かって躍りかかっていた。

　が、たちまち近衛兵たちに取り押さえられてしまう。

「――僕たちの冒険全部が、すべて筋書きどおりだって言うんですか⁉　貴方は、魔王の正体を知っているんですか⁉　説明してください！　国王っ！」

　勇者の絞り出すような絶叫が謁見の間に響き渡る。

「無礼者がっ！　誰に口を利いていると思っている！　駒の分際で！　おまえは、勇者として与えられた役目をこなしておればよいのだっ！」

「…………」

いきなり手の平を返したような国王の変貌ぶりに、ヒイロは愕然とする。

（駒？　僕たちは国王にとってただの駒で……魔王打倒の旅も全部が全部……筋書きどおり？　まさか、そんなこと……あるはず……その筋書きは、一体誰が……）

胸が悪くなるような悪寒は、瞬く間にヒイロの全身へと拡がっていく。

物心ついた頃から、勇者となるべく厳しい訓練に明け暮れていた日々、長くつらい旅の最中、何度も感じていた違和感。ラーミスの毒舌。王の言葉——それらすべてのピースが組み上げられていき、巨大なジグソーパズルが完成した。

（すべては——国王の自作自演!?　なら……魔王の正体って……）

恐ろしい予想をヒイロは打ち消した。

しかし、いったん芽生えてしまった疑惑は、冷えた熱蠟のようにヒイロの胸の奥底に張りついて剝がれなくなってしまう。

沸々とこみあがってくる怒りを抑えることができずに、ヒイロは叫んでいた。

「——僕たちはっ！　駒なんかじゃないっ！」

ヒイロは、気合いもろとも剣を抜き、身体を回転させながら一閃した。

近衛兵たちの身体が剣圧で後方へとふっとび、彼らの剣は折れてしまう。

すぐさま他の近衛兵たちが駆けつけようとしたが、殺気立った勇者に気圧され、なかなか近づくことができない。

「誰かっ！　この者を捕らえろっ！」

怒号を発した国王の眉間に、ヒイロは剣の切っ先を突きつけた。

いつものいかにも人がよさそうな表情は消え去り、すべての感情を凍らせた能面のような勇者の顔に、その場に居合わせた全員の血が凍る。

「魔王の正体だけ教えてください。それ以上は追及しません」

「く、う……勇者の分際で……国王に反旗を翻すか……後悔するぞ!?」

「後悔なんて、もう数えきれないほどしてきました。僕は本気です」

「……こんな欠陥……ありえぬ。勇者が国王に楯突くなどっ!?」

「…………」

ヒイロが凄絶な笑みを浮かべて、剣を握る手に力をこめた。

国王の眉間から鼻へと、つぅっと赤い血が一筋伝わり落ちていく。

「ひっ!?　わ、わかった……待て！　それだけは教えてやるっ！　教えてやるから、命だけは助けてくれっ！」

ヒイロは凍てついたまなざしで国王を見据えたまま、静かに回答を待つ。

「……代々……勇者にとって一番大切な存在を魔王として仕立て上げてきたのだ……大切な存在を自らの手にかけることにより、勇者は勇者としての力を失う……勇者が勇者のままでいれば……国王の地位を脅かす存在になりかねんからな……」

「——っ!?」

国王によって明かされた残酷な真実にヒイロは茫然自失となる。

メルとラーミスが息を詰め、ヒイロを見守っている。

(……勇者……僕にとって……一番大切な存在……)

ヒイロの脳裏に浮かんだのは、かつての相方、幼なじみのルーだった。

(僕のために……ルーは……罠に嵌められて……魔王に……)

ルーとマティア、そっくりだとは思っていたが、違うところも多かった。

少しずつマティアのことが気になりだして。

だんだんと過去を振り返り、後悔することが減っていた矢先に、まさか二人が同一人物だと明かされるなんて。

目の前が真っ暗になる。

「しかし、これは国のため、ひいては世界のためで——」

「…………」

もはや、国王の声はヒイロには届いていなかった。

脱力しきったヒイロの手から、剣が滑り落ちる。

その隙を見計らって、国王が脱兎のごとく謁見の間から逃げ出し、声を張り上げた。

「皆の者っ！　この者たちを捕らえよっ！　捕らえるのだっ！」

扉という扉が開き、大勢の兵士たちが謁見の間へと乗りこんできた。

まるで、万が一、こうなることを想定でもしていたかのように。

「っく――」

メルとラーミスがヒイロを背にして武器を構える。

多勢に無勢。しかも、王宮を護る兵士たちには、元冒険者などつわものも多い。

いかに勇者一行とはいえ、こうも囲まれてしまえばかなうはずもない。

だが、ラーミスとメルは怯みもせず、好戦的な笑みを浮かべていた。

「――私たちの勇者には、指一本触れさせませんわ」

「勇者！　あたしたちが絶対に護るから！　あたしが勇者の盾になるから！」

「…………」

二人の呼びかけにもヒイロはもはや応えない。

魂の抜け殻のように空ろな目をして、その場に膝をついてしまう。

その姿は見るに堪えないもので、ラーミスもメルも唇を噛みしめ、目を逸らす。

「メル――なんとしてでもここから抜け出しますわよ――」

「了解！　今まで何度もヒイロには助けてもらってきたんだもの。恩返ししないとね。こんなところでヒイロの冒険を終わらせたりなんかしないんだからっ！」

　ラーミスが、極大爆発呪文《ギガエクスプロージョン》の詠唱を始めた。

　それを邪魔しにかかる兵士たちをメルが猛然と大剣でなぎ倒していく。

「我、賢者ラーミスの名によって命ず。火の精霊、風の精霊、雷の精霊よ。天焼き尽くし、業火となりて、雷纏いて、嵐となれっ！　極大爆発呪文《ギガエクスプロージョン》」

　ラーミスの構えた杖から炎が渦を巻いたかと思うと、凄まじい閃光と共に、大爆発が起こった。

　ラーミスの魔法は、宮廷魔術師が兵士たちにかけた盾魔法《シールド》をも突き破り、謁見の間もろともすべてを吹き飛ばした。

　魔法が発動する直前、ラーミスは二重詠唱を行い、自分の範囲一メートルに強固な盾魔法を張り巡らせる。

「天罰ですわっ！　たった一人を犠牲に、のうのうと富と平和を享受する愚民たち！目を醒ましなさいっ！」

「ラーミス……その台詞、ものすごく魔王っぽい……」

「ふふ、一度言ってみたかったの。正義の味方ごっこは、もうほとほと疲れ果てましたもの。さあ、追っ手がどんどん来ますわよ。ここからは、メル、頼みましたわ」

「……え？　ちょっと!?　まさか、今ので魔法力全部使いきったとか言わないわよね!?」

「ふふふ、何事も最初のはったりが一番肝心でしょう？」

涼しい顔をしているラーミスだが、その顔は青ざめ、玉のような汗が浮かび上がっている。

「……わかった。ここからは任されたわ」

メルがヒイロを肩に担ぐと、城の裏口へと向かって廊下を走り出した。

ラーミスは、ヒイロの剣を拾って、メルの後を追っていく。

「はぁあああああーっ！　怪我をしたくなければ通しなさいっ！」

片腕で大剣を振るいながら、メルが鬼気迫る声で叫ぶ。

恐れ知らずの兵士たちをからくも退けながら、メルたちは城の外を目指していった。

全身に傷を負いながらも、メルたちはなんとか城の外へと辿りついた。

「やけに城のほうが騒がしかったから迎えに来てみたが！　どうした!?」

いつもの濃い紫のドレスに着替えた魔王が、メルとラーミスの前に現れた。

まさに闇の中、天から垂らされたクモの糸――もはや限界まで消耗していたメルとラーミスの表情に安堵の色が滲む。

メルとラーミスは倒れこむようにしてその場へと崩れ落ちた。

ボロボロになった二人を目にして、魔王は血相を変える。

「メル!?　ラーミス!?　一体、何があったのだ——その傷は……」

「マティア……説明している時間はないの。とにかく、今すぐここから遠くへ……勇者を連れて逃げて……」

「……追っ手の兵士たちは、あたしたちが足止めする」

「っ!?　何を戯言を申すかっ!?　メルとラーミスを残していけるはずなどない！　仲間はいつも一緒だろ!?　勇者がそう言ってた！　なあヒイロ!?」

魔王が、メルに担がれたヒイロへと声をかけた。

が、ヒイロからは何の反応もない。

即座に、メルはヒイロの異変に気づき、現状をおぼろげにではあるが理解した。

「これは……誰が……やった？　国王か？　それとも今から押しかけてくるという追っ手か？　あれだけ派手な凱旋パレードをして、盛大に出迎えておいて……なぜこうなる!?」

魔王の全身から、身も凍るような殺意が迸り、彼女の周囲に不穏な風が巻き起こる。

ドレスの裾をたなびかせながら、魔王は恐ろしい笑みを浮かべていた。

メルもラーミスも、鬼気迫る魔王に言葉を失う。

「許さん。これは余に売られた喧嘩だ。余の仲間を傷つけた輩は皆殺しにし、勇者を裏切った国は、国王、国民もろとも消し去ってくれよう……」

マティアの怒りに呼応するかのように、ドラドラが空に向かって炎を吹いた。

地獄の業火が空を焦がし、あたり一帯が赤黒い光に照らし出される。

魔王は本気だ——このままでは、アリアルドが焦土と化してしまう。

メルが怒りに震えるマティアの身体を抱きしめて叫んだ。

「駄目っ！　マティア……気持ちはわかるけど、それはヒイロが悲しむことだから！」

「なぜだっ！　勇者たちはこの国のために、世界のために、命を賭けて危険な旅を続けてきたのだろう!?　それなのにっ！　なぜこんな目に遭わねばならぬのだっ！」

魔王の言葉は、ヒイロたち全員の胸の内を赤裸々に代弁したもので。メルとラーミスの視界が涙で歪む。

「とにかく——今、最優先すべきはヒイロの回復。いったんここから撤退しましょう！　魔王、お願いできる？」

「……がぅううう。うむ……」

怒りのやり場を失って悔しそうに歯噛みする魔王だが、ラーミスの説得に渋々頷いてみせた。

「ドラドラッ！」

魔王の呼びかけに応じ、ドラドラが、見る見るうちに変化して、全長十メートルのドラゴンへと巨大化した。

「――皆を運べ！　飛ばすぞっ！」

魔王がひらりとドラドラの背に飛び乗ったかと思うと、ドラドラはメルとラーミス、ヒイロたちを優しく摑むようにして、大空へと飛び立った。

突然のドラゴンの出現にアリアルド中が騒然となる。

しかし、魔王は後ろを振り返りもせず、厳しいまなざしで空の彼方を見据えていた。

魔王はアリアルドのはるか北にある渓谷へとドラドラを下ろした。

巨木が立ち並び、あちらこちらに巨大な水晶が生え、七色の光を放つ幻想的な谷

――精霊の谷。

渓谷の奥にある泉のほとりにて、魔王たちはヒイロを中心に車座になっていた。

「――駄目……何度回復魔法をかけても……目覚めないわ……」

ラーミスが悔しげに呟くと、再び回復魔法の詠唱を始める。

「……ラーミス、少し休んで。このままじゃ、ラーミスまで倒れちゃう……」

「ありがとう。メル……だけど、今、ここでやめたら……私は一生後悔してしまいそうだから……」

苦笑するラーミスの目には、強い決意が宿っていて、その目を見たメルは誰も彼女を止めることはできないと悟る。

「なぜ、ヒイロは目覚めぬのだっ!? 体力も魔力も満タンなのに——」

「……おそらくヒイロは、すべてに絶望してしまったんですわ。ヒイロは、あまりにも純粋すぎて……汚い世界に堪えられなかった。生きることを放棄してしまった」

「……一体、城で何があったのだ?」

「…………」

魔王の問いに答えてよいものかどうか、と、メルとラーミスは顔を見合わせた。

しかし、このまま黙り続けておけるはずもない。

互いに頷き合うと、ラーミスが慎重に言葉を選びながら、魔王に説明を試みる。

「……すぐには信じられないかもしれないけど……魔王、貴女に関する大切なことなの……」

「余に関する……こと?」

「……ええ、ヒイロには幼なじみがいたの。ルーっていう女の子。私たちの仲間でもあったのだけど」

「……幼なじみって、女だったのか」

ほんの少し複雑そうな顔をしてみせる魔王にメルは苦笑した。

「そう、すごく明るくて元気いっぱいでパーティーのムードメーカーだった。名実共にヒイロの相方で……ちょっとうらやましかったかな？　でも、悔しいけど、攻撃のタイミングも阿吽《あうん》の呼吸だったし、他の誰も二人の間に入りこめるような感じじゃなかった。誰が見てもお似合いのペアだったし……」

「ふむぅ……余もなんだか少し、いやかなり悔しくなってきたぞ……」

「やっぱり、マティアもヒイロのことが好きになっちゃったんだね。そうなんじゃないかって思ってたけど」

「っ！　ち、ち、違うっ！　なんでいきなりそーいうことになるのだっ！」

尖った耳の先まで真っ赤にして声を荒げる魔王の頭を、メルとラーミスがわしゃわしゃと撫でた。

「がうぅううううぅう？」

魔王は憮然とした表情で首を傾げる。

「マティアがルーに嫉妬する必要なんてありませんのよ……だって、マティア……貴女はルーなのだから……」

「っ!?　なっ!?」

ラーミスの言葉に魔王は愕然とする。

「な、何をバカなことを言っているのだ？　余は、ルーではないし、ルーの代わりでもないぞ……」

「私たちも信じられなかった。というか、正直言えば、今でも半信半疑。それでも、完全には否定できませんの」

「失敬なっ！　唯一無二の余をそこらへんの一般人と重ねるなど！　ありえぬっ！　魔族と人間の違いもわからぬのかっ!?　この高貴なルビーの赤き瞳！　尖ったスタイリッシュな耳！　超絶かっこいい角っ！　人間ごときにはないであろうがっ！」

憤慨して声を荒げた魔王の目に、涙の膜が張る。

「がぅ？」

「……なぜ泣くの？　やっぱり、マティアは……ルー、貴女なの？」

「……っ!?　余は……泣いてなど……」

真っ赤な目からポロポロと涙の粒が零れ落ちていく。

「違う、断じて違う！　なぜそうなるのだ!?」

そんな言葉で反論しようと思うのに、喉から言葉が出てこない。

「知るか……ルーなど……知らぬ。余は魔王で……マティアで……」

「混乱するのも無理はありませんわ。だけど、国王はこう言っていた。『勇者にとって一番大事な人物を魔王にする。勇者に魔王を倒させることによって、勇者を絶望させ、国王の地位を脅かさないようにする』のだって……まさか、私たちが逃げおおせるなんて思ってもみなかったからなんでしょうけど……」

「…………」

魔王は言葉を失ってしまう。

さまざまな感情が頭の中をグルグルと渦巻いて、混乱の極みに立たされていた。

「……そん……な。ウソ……だ……認めぬ……そんな邪道がまかり通るはず、ない」

「…………」

メルもラーミスも、魔王の言葉に目を伏せてしまう。

「そんな方法が実在するのかどうかは、詳しく調べてみないとわからないし、国王の話を鵜呑みにするのもどうかとは思うけど……少なくとも、ヒイロはそれを信じてしまった」

「そして……絶望したのか……これから、どうなるっ!?」

「——もう二度と目覚めないかもしれませんわ」

「なぜだ！　どうして!?」

「人はつらすぎる現実を突きつけられると、生きることを諦めてしまうものだから。過去にそういう人を何人か見てきましたわ……」

「そんなのはイヤだっ！　許さぬっ！」

「……前々から勇者という職業は危ういものだって思ってましたわ。あまりにもまっすぐすぎて。他人に悪用される恐れもあると……でも、まさか、国王が……国が……故郷が勇者を裏切っていたなんて……」

「………」

　重苦しい空気が流れ、全員が黙りこくってしまう。

　しかし、その沈黙を破ったのは魔王だった。

「要は――勇者に、もう一度、生きたいって思わせればよいのか？」

「ええ……でも、簡単なことではないわ。もはや、どんな回復魔法も……蘇生魔法も受けつけない身体になってしまったのだから」

「そういうときのためのすきんしっぷであろうっ！」

「えっ!?」

「我ら三人が、全身全霊をこめてすきんしっぷすれば……勇者は絶対に戻ってくる！　まだ旅は半ばだ。こんなところで諦めてもらっては困るのだ」

　そう言うと、魔王はヒイロの股間へと顔を埋めていった。

　勇者のズボンを脱がすと、まだ力を失ったままのペニスを取り出して、それをパクリと頬張った。

一瞬、ギョッとしたラーミスとメルだったが、そこでようやく魔王の言わんとすることを悟った。

「……そうだね……勇者を呼び戻すには、もうこれしかないのかも」

「確かに、普通の回復魔法なら効かなくたって、特別な回復魔法なら……効くかもしれませんわね……」

メルが鎧を脱ぎ、ラーミスがローブを脱ぎ、魔王のドレスも脱がしてやる。

三人の裸体がクリスタルの放つ光に美しく浮かび上がった。

まるで、精霊の谷に棲まう精霊のように荘厳に——

「ヒイロ、目を醒まして……こんなにも私たちは貴方を必要としているのに……私たちを置いていかないで……まだまだ旅はこれからですわ……世界は私たちの思っている以上に広いんですのよ。貴方の力を必要としている人たちがまだまだたくさん待っているはずですわ」

ラーミスがヒイロの唇にキスをすると、そっと唇を割り開き、舌を挿入れていく。

すると、ヒイロの舌がかすかな反応を見せる。

「んむっ!?　ちゅ……れろ……がぅ……大きくなっていってる……」

ラーミスのディープキスに反応してか、魔王の口の中で、ペニスがグングンと力を増していく。

あまりにも急に大きくなりすぎて、魔王の小さな口には収まらなくなる。

喉奥を突かれて魔王はえずき、勃起した肉棒を外へと吐き出してしまう。

「あ、あたしも……負けない……頑張る……」

魔王に負けじと、メルも、ヒイロの下半身に身をかがめた。

股間から天を突き差すように雄々しく育ち始めた肉刀に、恐るおそる舌を這わせる。

睾丸を優しく揉みほぐしながら、メルと魔王は唇奉仕に没頭する。

時折、魔王とメルの柔らかな舌が触れ合い、そのたびに倒錯的な快感が走りぬける。

「ヒイロ……たとえ世界が敵になろうとも、余たちだけはおまえの味方だぞ」

魔王が懸命に裏筋を舐めながら、昏睡状態に陥っているヒイロへと呼びかけた。


深い深い絶望の闇に覆い尽くされた奈落で、ヒイロはまどろんでいた。

異様に眠くて、身体が鉛のように重く、凍えそうなほど寒い。

この世界にやってくるのは、初めてではない。

魔王打倒の旅の最中、死闘の果てに命を落としてしまうたびにやってきてしまう不吉な場所。

ここに長くいては危険だ——なんとかしないと、と焦り、足掻いていると、じきに

柔らかな光に包まれ、この世界から脱出できるのが常だった。

しかし、今回ばかりは、足掻こうとも思えない。

ヒイロは目を閉じたまま、深いため息をついた。

「……もう……疲れた……もう、いい。このままで……」

地面がぐにゃりと歪むと、沼のように柔らかくなった。

ヒイロの身体が、ゆっくりと底なし沼と化した地面へと沈みこんでいく。

このまま沈んでいけば、死ねるのだろうか？

すべてから解放されるのだろうか？

そんなことを漠然と考える中、恐怖は感じなかった。

むしろ、安らかな気持ちに身を委ねる。

「……みんな、ごめん。今までありがとう……」

ヒイロが穏やかな表情でそう呟いたそのときだった。

「勝手にバッドエンドとか――余は許さぬぞ！」

怒気を滲ませた声がして、ヒイロは薄く目を開けた。

「マティア……」

いつの間にか、魔王がヒイロに馬乗りになっていた。

「ごめん……だけど、もうこれ以上は……僕には無理だ……」

「勇者が聞いて呆れる」

「……勇者なんてなんの意味もなかったんだ。ただの厄介ごとをなんでもかんでも押しつけるのに都合のいい駒にしかすぎなかった。操り人形みたいなもんだったんだ」

「余も……メルも、ラーミスもそんな風には思っていないぞ？」

そう言うと、魔王が身体を倒してきて、ヒイロの胸に頭を預けた。

「……駒だと思いたいヤツには思わせておけばいい。勇者が駒ならば、魔王もまた駒であろう？　勇者と魔王は表裏一体、おんなじなのだからな」

「……マティア」

「ラーミスから話は聞いた……だが、余は、他の誰が余のことを駒扱いしようとも、自分のことを駒だとは思わぬ」

「…………」

魔王の言葉に、ヒイロはやりきれなくなる。

「なんで……そんな風に言えるんだ!?　マティアがっ！　いや、ルーが一番つらいはずなのに！」

ヒイロが魔王の身体を力いっぱい抱きしめると、憤りに身体を震わせた。

「独りじゃないから――余は大丈夫だ。そして、ヒイロ、おまえも独りではない」

「……っ」

「悔しいなら、これから挽回してやればいいだろう？　それがおそらく、おまえを裏切った奴らへの最大の復讐だ」

「…………」

ヒイロは大きく目を見開いて、魔王を見つめた。

「ヒイロ……たとえ世界が敵になろうとも、余たちだけはおまえの味方だぞ」

魔王がヒイロにじゃれるように頬ずりをして、唇に軽くキスをした。

その瞬間、周囲の闇がガラスのようにひび割れていき、やがて、あたり一面が暖かな光に包まれた。

暖かで柔らかくて——どこもかしこも気持ちいい。

天にも昇る心地ってこういうことをいうんだろうか？

そんなとりとめのないことを考えていると、不意にピリッとした痛みが走った。

「……つっ!?」

ヒイロが小さく呻くと、周囲から歓声があがる。

「よしっ！　ヒイロが目覚めたぞっ！　今の、余がうっかり牙を立ててしまったのが効いたのだなっ！」

「あら、囚われの姫君は王子様のキスで目覚めるっていうのがセオリーですわ。私のキスが効いたに決まっていますわ」

「あぁ！　ヒイロッ！　よかったっ！　目が醒めたのね！　もう駄目かと思った！　大丈夫？　気分は悪くない？」

「え、えっと……逆に気持ちよすぎるっていうか……どうなって……」

　闇の底に沈んでいたせいか、最初はまぶしくて目を開けていられなかったが、だんだんと目が慣れてきて――やがて、とんでもない光景がヒイロの目に飛びこんできた。

「……な、な、な、な、なんで……そんな格好っ!?」

　魔王、メル、ラーミスの三人が一糸まとわぬ姿で、ヒイロに絡んでいたのだ。

　魔王とメルは、競い合うように臨戦態勢と化した屹立に舌を這わせ、ラーミスはヒイロに膝枕をし、乳首を苛めながら、いたるところにキスの雨を降らしている。

　三人に同時に愛撫され、気持ちよくないはずがない。

　が、あまりにも扇情的な光景にヒイロの頭は真っ白になる。

「は、はは……僕、死んじゃったのかな……こ、ここは天国。そうだ……きっとそうに違いない……」

　引き攣った笑いを浮かべるヒイロの鼻をつつきながら、ラーミスが鷹揚に微笑んだ。

「天国じゃあ・り・ま・せ・ん・わ・よ♥　特別な回復魔法改め、究極の回復魔法で・す・の♥」

「う……うそ……」

「ホントですわ♥　お姉さん、ウソつきませんわ♥」

「…………」

腹黒賢者の言うことなんて信用ならないとばかりに、ヒイロが目を細める。

「さあ、ヒイロの夢への第一歩よ。ハーレム作るのでしょう？」

「そ、それは……ものの喩えっていうか……その……まさか本当に……」

「勇者に二言はなしだぞ？」

「……こ、こういうのは初めてだけど、ヒイロはあたしたちみんなのヒイロだから」

「……みんな」

「ヒイロの傷ついた心身を、私たちが癒してさしあげますわ――」

そう言うと、ラーミスがメルと魔王を促して、ヒイロの足を大きく開かせて、Vの字にさせた。

まるでオムツを替える赤ん坊のような体勢にヒイロは慌てふためく。

「やっ!?　こ、こんな格好……は、恥ずかしすぎ……だよ」

「がう！　恥ずかしいほうが気持ちいいって教えたのはヒイロではないか！」

「そ、それはそうかもだけど……僕はMじゃなくて、Sだと思うんだけど……」

「あら、人ってそう簡単にSとかMとかに分類できないものですわよ？」

女王然とした口調で言い放つと、ラーミスがその場に立ち上がり、ヒイロの下半身側へと移動した。

「フフ、全部見えてますわよ……ヒイロの立派なおちん×ん、睾丸、お尻の穴まで恥ずかしいところ、全部丸見えですわ」

「っ!?　うぅっ！　あああ……見ないで……」

ヒイロが足を閉じようとするが、メルと魔王がしっかりと足を固定しているため、足を閉じることができない。

恥ずかしくて身を捩るが、下腹部に張りついたペニスは元気よくしなる。

「これから全部、いっぺんに気持ちよくしてさしあげますわ……究極の快感を存分に味わって……今までヒイロはみんなのために頑張ってくれたんですもの。これくらいのご褒美があってもいいはずですわ――」

歌うように言うと、ラーミスはメルと魔王に耳打ちして、ヒイロの腰を抱えこんだ。そして、二つの睾丸をやわやわと揉みしだきながら舌を這わせつつ、もう片方の手でヒイロのヒップを撫で回す。

同時にメルと魔王がフェラチオと手コキを再開する。

「うあっ!?　や……あぁ……気持ち……よすぎだ……あぁ……」

絶妙な手コキに加え、柔らかな舌がねっとりと亀頭や肉幹、睾丸を這い回る。

あまりにも気持ちよくて、ヒイロは鳥肌立ってしまう。

「こちらもいいんですのよ？　お姉さんが教えてあげますわ」

くすりと笑うと、ラーミスの舌がヒイロの尻の谷間へと這っていく。

「ちゅ……ン……れろ……男の人も……いいんだ……」

鈴口を舐めながら、メルがぽつりと呟いた。

その言葉をラーミスは聞き逃さない。

「っ!?　メル！　まさか、そっちまでしましたのっ!?」

「あ、いや……えっと……その……」

「してたぞ！　見てたぞ！」

「えええええええっ!?　見られてたのっ!?　うそっ！　し、死ぬぅ……」

えへんと誇らしげに主張した魔王に、メルはうなだれる。

「そう……ヒイロも知っているなら……話が早いですわね」

ラーミスが怖い笑みを浮かべると、ヒイロのアヌスに指を突き立てた。

焼けるような痛みが走り、ヒイロは混乱する。

「うわっ！　痛っ！　ま、ま、待ってっ!?　お、女の子のお尻がいいっていうのは知ってたけど……お、男もいいとかまでは、知らない……よ。っていうか……そういうのは、特殊な性癖の男の人同士がやるもんじゃ……」

「いいえ、ここもいいんですのよ――指を動かすとほら」

アヌスに突き入れた指をラーミスがくねらすと、その動きに連動して、肉竿がびくんっと跳ねた。

「うぁあああ……や……め……恥ずかしすぎだよ。これ……」

「あら、それは褒め言葉ですわ。もっともっと――してさしあげますわ……」

ヒイロの制止の言葉は、ドSの本性を剥き出しにしたラーミスには無意味だった。

「ちゅ……ふ……れろ……んっちゅ……はぁはぁ……ヒイロ、いっぱい気持ちよくなっていいんですのよ。恥ずかしい姿をいっぱい見せて……」

ラーミスが睾丸を口にふくむと、飴玉を舐めるようにモゴモゴと口を動かしつつ、アヌスに挿入れた指をピストンし始めた。

泡立った涎が、ふぐりからアリの門渡りへと伝わり落ちていき、ラーミスの指が出入りするアヌスへと到達する。

それが潤滑油となり、ラーミスはさらに指の抽送の速度を上げていく。

「う、あっ！　そ、それ！　ヤバイっ！　あ、あぁぁあ……」

ヒイロが腰をガクガクさせながら、甲高い声を上げるのを見ると、負けず嫌いな魔王がペニスを喉の奥まで呑みこんだ。

「あっ！　魔王……ずるい……」

「ん……んむっ……早い者がちだ……じゅっ……あむっ」

魔王が小さな口を懸命に上下に動かして、本格的なフェラチオを開始した。

たっぷりの唾液に満ちた口腔内粘膜に敏感なモノを包みこまれ、ヒイロは熱いため息を洩らしてしまう。

時折、魔王はじゅるりと唾液もろともヒイロの半身を吸い立ててくる。

そのたびに、腰が浮くような快感がヒイロへと襲いかかる。

ヒイロの反応を確かめるように、魔王は上目遣いにフェラチオを続ける。

まだあどけなさを残した顔立ちをしているのに、頬がひっきりなしにいやらしく出っ張ったりへこんだりする様から、ヒイロは目が離せなくなる。

「う、あぁ……な、なんで……そんなにうまい……んだ……」

「ちゅ……ンっ、はむっ……いっぱい見て勉強して……杖で練習したから……杖じゃ、太さが足りなかった……けど……」

「ううう……そんな練習までしてた……なんて……全然知らなかったし……」

魔王の絶妙なフェラチオに、ヒイロの腰が自然と揺れ出した。

「んむっ！　ンンッ……っく……」

口が小さいせいもあり、喉の奥を突かれてえずいた魔王は、苦しげにペニスを外に吐き出してしまう。

「うぐ……ぷはぁっ」

魔王の口から唾液に濡れたグロテスクな肉塊が飛び出すと、今度は入れ替わりにメルがフェラチオを始める。

「ちゅ……じゅる……負けない……んだから……」

メルはおっぱいを持ち上げてペニスを包みこむと、亀頭に舌を這わせながら、パイズリを始めた。

すでに魔王の唾液でたっぷり濡れた肉棒が、湿った音を立てて、白い柔肉の谷間を出たり入ったりを繰り返す。

「うあ、気持ち……よすぎだ……メル……あ、あぁ……こんな……こんなのって……信じられない……」

快感のオンパレードに、ヒイロはもはや何がなんだかワケがわからなくなる。

前も後ろも、その間も――どこもかしこも気持ちよすぎる。

「ヒイロ……めちゃくちゃエッチな顔してるぞ……」

いたずらっぽく微笑んだ魔王が、ヒイロの顔を頭側から覗きこむと、キスをした。

「ん……ちゅ……んんん……ん……はぁ……」

ついでとばかりにねっとりと舌を絡ませてくる。

大好きだった幼なじみとキスをしながら、大切な仲間たちに奉仕してもらうなんて。考えてもみなかった。

「ああ、もう何が現実で……何が夢だか……」

「現実も夢もそう違いはない」

儚げに笑った魔王の顔が、ありし日のルーの微笑みに重なり、ヒイロは彼女の頭を掴むと、自ら舌を突き入れた。

「ン……んんっ……む……っふ……ン……」

ヒイロに唇を貪られ、魔王は一瞬驚きの表情を浮かべるが、幸せそうに笑み崩れる。

「……う、あぁ……も、もう……が、我慢できな……い。気持ちよす……ぎて」

睾丸から熱い衝動がせりあがってくるのを感じて、ヒイロが鋭く呻いた。

「……ヒイロ、遠慮なく……イっていいんですのよ」

「じゅ……ちゅ……ぢゅる……うん、ヒイロ、イって……」

「ヒイロ、イクのだ……」

「ぁあああぁあああっ！　イ、イクッ！　イクーッ！」

まるで示し合わせたかのように、仲間たちの愛撫が加速し、ヒイロは、イキ声を放ちながら射精した。

（う……ぁ、みんなが見ているのに……こんな恥ずかしい格好で射精しちゃうとか。

しかも、メルの口の中にっ）

　恥ずかしすぎるのと申し訳ないのとで、ヒイロはいっぱいいっぱいになる。

　しかし、イケナイことであればあるほど、ものすごく気持ちいい……。

　背徳的な絶頂の余韻に、全身が痙攣してしまう。

「んむっ!?　ンンンッ！　んぅ……」

　フェラチオをしていたメルの口いっぱいに精液が溜まっていた。

　メルがどうしようか、躊躇っていると、魔王とラーミスが彼女へとキスをして、ザーメンを口に含むと、同時に飲み干した。

「……ああ、みんなで飲むとか……駄目だって……」

　ヒイロが困惑の表情を浮かべて呻く。

　しかし、そんな申し訳なさそうな顔とは裏腹に、口端から白濁液を滴らせて、うっとりと唇を寄せ合っている三人を見ていると、強烈な劣情がムクムクと肥大してきた。

「フフ……さすがは勇者ですわ。すぐに復活するなんて……」

　ラーミスが微笑むと、再び硬くなってきたペニスを手で撫でてくる。

「あ、あぁ！　だ、だって……みんながエッチすぎて……」

「がぅう、誰のせいだと思っておるのだ？」

「ええええ？　ぼ、僕……とか？」

「うんうん。あたし、そういうの……全然知らなかったし……」

「ふふ、そもそもはヒイロを覚醒させた私のせいかしら。だけど、元々の素質もあるでしょう？　童顔なのにこんなに立派な剣を持ってるなんて……ヒイロったら、こっち方面でも生まれつきの勇者なんですもの」

「ううぅう、そ、そんなこと……ないよ……」

ラーミスに言葉攻めにされて、ヒイロは恐縮してしまう。

だが、その一方で、ペニスは早くも雄々しくそそり勃《た》ちきっていた。

「さあ、ヒイロ、次はどうしてほしいんですの？」

「く……うぅ……僕だけ気持ちよくなるのは……駄目だから……み、みんなにも気持ちよくなってもらいたいんだ……」

「相変わらず、ヒイロは優しいんですのね」

「……駄目かな？　たぶんこんなだから……駒として利用されるんだよね……使い捨てにされちゃうんだよね……」

「あたしたちは！　絶対にそんなことしないわっ！　ヒイロを駒だなんて思わない！」

「大切なかけがえのない仲間ですわ――」

「ヒイロ、いい仲間を持ったな！　まあ、余がその中でもダントツだけどな！」

優しく微笑みかけてくる仲間たちに、ヒイロの顔がくしゃっと歪む。

「……あり……がとう……みんな……」

涙で視界が滲むが、男なのに、勇者なのに、泣き顔なんて見られたくないと、必死に涙を堪えて、仲間たちへと微笑み返した。

「――では、一緒に気持ちよくなりましょう……」

ラーミスが言うと、メルと魔王を促してその場に静かに横たわった。

仰向けになったラーミスの上にメルが覆いかぶさり、その上から魔王が折り重なる。

ラーミスの大ぶりのおっぱいとメルの豊かなおっぱいが重なり合ってへしゃげる。

「ああ……ラーミス。胸大きすぎ……」

「フフ、メルのも十分大きいですわ」

「なんか……変な感じ……ものすごくイケナイことしてるみたい」

「あら、女同士でだって、十分アリですわよ？」

「えええっ!?　そ、そんなのあるのっ!?」

「まったく本当にメルはこういった方面には疎いんですのね。可愛いですわ」

ラーミスが戸惑うメルにキスをすると、メルの背中の上で魔王が抗議した。

「がうぅうう……余のだって、けっして負けてないぞっ！　っていうか、二人でイチャイチャずるいぞっ！」

「あら？　そこは特等席なのに？」

「え？」

「ね、ヒイロ？」

意味深な流し目をくれるラーミスの意図にヒイロは気づいた。

「うん……そうだね……」

ヒイロは魔王の身体をひっくり返して仰向けにすると、キスをしながらおっぱいを優しく揉みしだき始める。

「あ……あぁっ……ン……ヒイロ……あぁ……」

魔王は甘ったるい声を洩らしながら、メルの背中の上で、その小柄な身体を切なげにくねらせる。

ヒイロは、恭しく魔王のおっぱいを中央に寄せると交互についばむ。

柔肉を揉みしだかれながら、感度の塊を優しく吸われるたびに、下腹部の奥が熱く疼いて、魔王は身悶える。

「あっ！　あぁっ……それ……いい。あぁぁ……ヒイロ……」

魔王の悩ましい喘ぎ声に触発されたラーミスとメルが、嫉妬から逃れようとでもするかのように、互いの舌を絡めて吸い合う。

「ん……んちゅ……あぁ……女同士なのに……こ、こんな……ことして……るなんて。ウソ……」

「フフフ……女同士のよさも教えてあげますわ……」

ディープキスに応じながらも躊躇いを見せるメルの股間へと、ラーミスが指を差し入れていく。

「ほら……ここ……いいでしょう？　ここをさらに……こうすると……ね？」

ラーミスが手馴れた手つきで、人差し指と中指の二本をヴァギナの中へと挿入し、親指でクリトリスを刺激しながら、二本の指を狭い膣内でV字に開いた。

「きゃっ!?　あぁああっ！　やっ！　何それっ！　や……あぁあああ！」

甘い悲鳴を上げ、メルが全身を波打たせる。

「あぁ……メル、可愛いですわ。もっともっと気持ちよくしてあげますわ……」

メルの敏感な反応に触発されたラーミスは、嗜虐心も露わに、メルの腹部を抉るように二本の指を動かし始めた。

「ふぁっ!?　ラーミス……駄目ぇえええ……そこ……何……あ、あぁ……」

「Gスポット――気持ちいいでしょう？　他にも女の子には気持ちいいところがたくさんありますのよ」

「だ、駄目ぇえ……あ、あたしだけ……気持ちよく……なっちゃ、う……」

「じゃあ、教えてさしあげますから、メルも私にしてちょうだい」

「う、うん……わ、わかった……」

（うわぁ……すごい会話……してるし……）

メルとラーミスのいやらしい声、会話を聞いているだけで、ヒイロはどうにかなってしまいそうだった。

二人が何をしているか、リアルに想像してしまう。

牡の衝動が際限なく高まり、そのはけ口を求めて、さらに熱をこめて魔王の身体を愛撫しにかかる。

ヒイロは、魔王の乳首に軽く歯を立てると、舌を高速で振動させながら、小さなヴァギナにいきなり三本も指を挿入れた。

「きゃ、あぁあああぁっ！」

魔王が可愛い悲鳴を上げると、ヒイロの頭を胸にかき抱き、M字に開いた脚をびくつかせた。

ヒイロは、本能に任せて、魔王の乳首を舐め齧りながら、奥へとスクリューするように激しく指を出し入れする。

「ふぁ!?　最初から……あぁ、そんなに……激しく……だなんて。あぁっ！　あぁ！」

眉をハの字にして、魔王は煩悶する。

「ああ——こんなの……もう止まらないし……止められない……」

「あぁあああっ！　イクッ！　ヒイロ！　そんな奥までしたらっ！　イクぅうっ！」

全身をガクガク痙攣させながら、早速魔王が絶頂を迎えてしまう。

時を同じくして、メルが——そして、少し遅れてラーミスがイキ声を上げた。

ヒイロがいったん魔王から身体を起こすと、三つに折り重なる仲間たちの痴態に改めてまじまじと見入る。

三つ並んだ花弁は、しどけなく綻び、男を誘う甘い蜜を垂らしている。

物欲しげにひくひくと蠢く花弁を見ていると、下半身の奥から力が湧き出てきた。

ヒイロはまずは一番下のラーミスの花弁へと、気合いもろとも半身を突き立てる。

「あ、あぁあぁあああンッ！　ヒイロッ！」

ラーミスの色っぽい嬌声が、辺りへと響き渡った。

「う、っく……ああ……ラーミスの中、あったかい……」

ペニス全体を優しく包みこんでくる姫壺を感じながら、ヒイロは最初から全力で腰をピストンさせる。

「きゃ！　あぁ！　あぁああっ！　太い！　熱いっ！　あぁあ、ヒイロッ！　こ、こんなの……す、すぐにイってしまいますわっ！」

すでに昂ぶっていたラーミスのいやらしい身体は、情熱に任せた激しすぎる抽送に淫らに波打つ。

ヒイロは、人が変わったように一心不乱に全力で秘裂へと肉弾頭を打ちこむ。

その振動が、メルや魔王にも伝わり、卑猥な期待が天井知らずに高まっていく。

「う、あぁっ！　あ、あああっ！　す、すご……く……奥まで響いてきて……あぁ、もうもう！　あはぁっ！　ヒイロッ！　愛してますわっ！」

ラーミスが腰を悩ましげにくねらせながら、一オクターブ高いイキ声を上げた。

刹那、蜜壺が肉棒を捕食するかのように絡みつき、精を搾り取ろうとする。

だが——ここで果てるわけにはいかない。

ヒイロはかろうじてラーミスの誘惑に抗うと、後ろ髪を引かれつつ、彼女の膣内《なか》から半身を引き抜いた。

白みを帯びた愛液が、二枚貝の隙間からとろりと溢れ出てくる。

「あ……ン……い、いい……ヒイロ……素敵すぎます……わ……」

エクスタシーの高波に、身も心も委ね、ラーミスは淡く微笑みながら目を閉じる。

「次は……メルだ……」

メルの引き締まったヒップを掴むと、ヒイロはラーミスの愛蜜でたっぷり濡れたペニスをワレメへと突き挿入れた。

「あ、あ、あぁぁあああぁっ！」

いきなり奥まで深々と貫かれ、メルは大きく目と口を開いて、悲鳴を上げてしまう。

「あぁあ……ヒイロッ！　あ、あぁっ！　これっ、すごく……すごくエッチ……。ンンッ！　あああぁっ！　ラーミスも……魔王もいるのに。見てる……のにっ！」

　メルは、しきりに背後を気にしながら、顔を真っ赤にして羞恥に咽ぶ。

「見てますわよ……メル……こういうこと、疎そうに思えて……とっても感じやすいメルのいやらしい姿。全部全部、私も魔王も見てますわ」

　ラーミスがメルの耳元に熱い吐息を吹きかけながら囁く。

「いやぁああっ！　い、言わないでっ！　そんな……こと……いやぁあ……」

　メルは半泣きになりながら、首を左右に振り立てる。

「く、うぅ……やっぱりすごい……締めつけて……くる……メルの……」

　貪欲ともいえるきつい締めつけに、ヒイロも限界ギリギリまで追い詰められる。

　だが、そのときだった。

「………」

　頬を赤く染めた魔王と目が合って、かろうじて射精するのを踏ん張る。

(駄目だ……最後まで我慢しないと……)

　ヒイロはメルのクリトリスをいじりながら、腰を激しく打ちつけていく。

　ただでさえ敏感なメルは、二大性感スポットの同時責めに瞬く間に上り詰める。

「あぁあああっ！　いやぁあっ！　もう駄目っ！　イクッ！　あぁああ、イっちゃう！こんなの駄目……なのにっ！　あああぁぁああンッ！」

メルのヒップが激しく痙攣したかと思うと、ヒイロのペニスを強い力で絞り上げ、膣の外へと追い出してしまう。

肉槍がぬるりと外へと出てくると同時に、大量の蜜潮が噴き出た。

そのいやらしい噴水を眺めながら、ヒイロは魔王の赤い双眸を見つめた。

「あ、う……メルとラーミスだけずるい……余も……欲しい……ぞ」

「僕の何が欲しい？」

「がううぅう！　そ、そんなこと言わずともわかるであろうっ！」

「言って――マティア……いや、ルー……」

「……っ！」

真顔でヒイロにじっと見つめられ、別人の名で呼ばれ、魔王はすぐさまいつものように、上から目線で激しく抗議しようとした。

失敬な！　余を人間などと一緒にするなっ！

そんな言葉が喉から出かかっているのに、不思議と心が凪ぎ、しみじみとした喜びまで沸きあがってくる。

「……ヒイロ……ヒイロの……おちん×んが……欲しい……」

魔王は、震える声で、途切れ途切れではあるが恥ずかしい言葉を口にした。

「いいよ……いくらでもあげる……」

ヒイロが魔王の脚を抱えこむと、鋭く激しく腰を前へと突き出した。

「う、あ、あぁあっ！　あぁああああっ！　いつもより……大き……いっ！」

たっぷりの愛液で濡れそぼっていても、指でよくよく解されていても、それでも最大級の興奮に滾っているペニスは、なかなか奥へと入っていかない。

亀頭のところでつかえてしまい、ぎちぎちと軋む。

しかし、それでも、ヒイロは男の意地で、肉槍すべてを小さなおま×こへと収めきった。

「……入ったよ」

「ふ……あ、あぁああ……中から……弾けて……しま……う……あ、あぁ」

魔王の唇が震え、いつもの偉そうな態度からは想像もつかない弱気の言葉を紡ぐ。

そんな彼女の頭を優しく撫でると、ヒイロは、ラストスパートとばかりに、腰の抽送を再開した。

小さなヴァギナいっぱいに張り詰めたペニスが、魔王の細い身体の中心を何度も何度も力いっぱい貫く。

「うぁっ！　うああぁああっ！　ヒイロッ！　ヒイロッ！　あぁあっ！」

魔王がヒイロの顔へと両手を伸ばすと、彼の頬を両手で包みこみ、切ないまなざしで縋るように見つめる。

ヒイロはそのまなざしを受け止めながら、さらに腰のピストンを加速させていく。

「あ、あぁっ！　ヒイロのがっ！　すご……い……いっぱい……キてるっ！　ラーミスとメルので……熱くなって……あぁああ、中ではちきれ……そう!?　あ、あ、あぁああッ！」

湿った音と乾いた音の淫猥なハーモニーに、魔王の狂おしい声が混ざる。

限界まで開かれたヴァギナの肉輪がヒイロの激しい動きに応じて、小さくなったり大きくなったりを繰り返す。

「ンあああぁ……うれ……し……みんな、仲間……。一緒に……平等に……愛してくれるのだな……」

目尻に涙を浮かべた魔王が、息を乱しながら、ヒイロへと幸せそうに笑み崩れた。

「……みんな、みんな大好きだから」

言いたいことはいろいろとあったけれど、ヒイロは彼女にそう応えるので精いっぱいだった。

魔王の膣奥の襞がうねり狂い、ペニスに絡みついてくる。

「ああぁっ！　も、もう……すぐ……で、射精……る……」

「ンッ！　うんっ……射精して……みんなに……」

「わかった——う、うぅっ！　くぅううっ！」

ルーの願いはすべて叶えたい。

ヒイロはありったけの力をこめて、魔王の子宮口に痛恨の一撃を叩きこむと、返す刀で腰を引き、夜空を仰いだ。

「んぁぁあああああああああああっ！　ヒイロッ！　あぁあぁぁあぁあっ！」

ヒイロの名を呼びながら、魔王は華奢な肢体をビクンビクンと波打たせて、オルガスムスを迎えた。

天を指し示すほど昂ぶったペニスから、大量のザーメンがびゅるびゅると勢いよく飛び出した。

それは右へ左へと暴れると、魔王、メル、ラーミスの三人の裸体にザーメンシャワーを浴びせかける。

全員が幸せそうに目を閉じると、その熱い白濁を全身で受け止める。

「はぁはぁはぁ……」

ヒイロはその場へとがくりと両膝をつくと、魔王たちの身体に折り重なるようにして、意識を失った。

その顔は晴れ晴れとした穏やかなもので——勇者の苦悩はもはや跡形もなく消え失せていた。

ヒイロと仲間たちは、身を寄せ合うようにして、心地よい眠りへと沈んでいった。

「……ン」

ヒイロが目を醒ますと、右の腕にはラーミスが、左の腕にはメルが、生まれたままの格好で安らかな寝息を立てていた。

「うわ……」

びっくりして飛び起きたヒイロは、慌てて口を塞いで、二人を起こさないように注意深く身体を起こした。

服を着ると、改めて周囲を見回す。

魔王の姿が見えないことが気がかりだ。

「——っ!?」

冷水を頭から浴びせられたようなデジャヴを覚え、ヒイロは慌てふためく。

だが——少し離れたところに足を抱えこむようにして座っている魔王の姿に気がつき、ホッと胸を撫で下ろした。

魔王はいつものドレスに着替え、神妙な面持ちで夜空を眺めていた。

ヒイロは魔王のほうへと歩いていく。

魔王はヒイロには気づかない。

「びっくりした。またいなくなっちゃったのかと思った」

「……ヒイロ。もう具合はいいのか？」

「うん、もう大丈夫。みんなのおかげだね……」

「そうか……よかった」

「星、見てるの？」

「ああ……今にも降ってきそうだ」

「懐かしいな……」

ヒイロは、魔王の隣に腰を下ろすと、大の字になった。

魔王もヒイロの真似をして仰向けに寝転ぶ。

「うわ……すご……い……なんだ……これ……」

仰向けになって夜空を眺めると、七色に輝く水晶の明かりを反射してか、満天の星が煌く夜空に、まるでオーロラを思わせる虹色のカーテンがかかる。

「………」

しばらくの間、二人は無言で幻想的な光景に見入ってしまう。

ややあって、ヒイロが魔王へと尋ねた。

「そういえば……どうして、マティアは、僕をここに連れてきてくれたの？」

「うむ、なんだか――とても懐かしい気がしてな……不思議だな。初めて訪れた気がしないのだ……」

「そっか。やっぱり……マティアはルーでもあるんだね……」

「……それが、よくわからぬのだ……いきなり別人だと言われても……実感が持てぬ。大体、人を魔族にする法など……聞いたこともないぞ……」

「混乱しちゃうよね……僕も混乱してる」

「まあ……事実は事実。じっくりと受け止め、付き合っていくほかあるまい」

「達観してるなぁ……」

「……達観もするだろう？　いろいろ……本当にいろいろとあったのだから」

苦笑してみせるマティアにヒイロは激しく共感する。

「実は、ここはね、子供の頃、迷子になった僕とルーが迷いこんだ場所なんだ」

「そうだったのか……」

「うん、冒険者にあこがれて、ちょっとした冒険のつもりが、道に迷ってとんでもないとこまでやってきてしまったんだ。国中総出の捜索騒ぎになってね……」

「まあ……勇者が行方不明となれば……そうなるだろうな……」

「母さんと父さんにもめちゃくちゃ叱られたっけなあ……」

「カアサン？　トーサン？　何だ？……」

「僕を生んで育ててくれた大切な人たち」

「大切な人たち……か」

「二人とも元気かな？　無事だといいけど……久々に家に帰れると思ったら、挨拶する間もなく、こんなことになるなんて……」

「……あんな国でも……大事な国……なのだな？」

「うん……故郷だから……」

「そう、か……消してしまわなくてよかった……」

「って、消すつもり……だったんだ？」

「うむ。メルとラーミスに止められてやめておいた。少しでも止めるのが遅かったら、焦土と化してただろうな」

「そ、そ……か……」

　淡々と恐ろしいことを口にする魔王にヒイロは慄く。

「これから……どうしよっかな……」

「そんなこと、皆でじっくり考えていけばよいだろう？　カアサントーサンとやらを助けにもいかねばだし、ハーレムの夢はどうした？　余が、どのようにして人間から魔族へとなったのか、その謎も解明されておらぬ。まだまだ為すべきことはあまりも多すぎるぞ」

「はは、確かに――そうだね。まだまだ旅は続く……か。だけど、これからの目的は自分たちで決めていかないと、だね」

「うむ、押し売りされた目的よりも、ずっとワクワクに決まっている」

魔王の逞しい言葉に、ヒイロは勇気づけられる。

と、そのときだった。

ふと、ヒイロの指に、魔王の柔らかな指がそっと絡められてきた。

「……ずっと傍にいてやる。だから……もっと頼れ……」

「ありがとう……今までも、これからも……よろしく」

ヒイロは魔王の手を力いっぱい引き寄せると、魔王を自分のほうへと向かせて、自分の身体を魔王のほうへと倒した。

息が触れ合うほどの至近距離。

ヒイロが魔王の頬をそっと撫でると、唇を近づけていく。

「…………」

魔王はそっと目を閉じて、ヒイロの唇を素直に受け入れる。

満天の星空の下——二人は時の経つのも忘れて、いつまでもいつまでも互いの唇を味わっていた。

至福の笑みを浮かべて——

新たな冒険　そして旅立ちへ

「――世界は広い。まだ見ぬ新天地を目指して、いざ行かんっ！」

魔王がドラドラの背にまたがり、朝焼けの空の彼方を目指して朗々と宣言した。

が、ヒイロたちはといえば、ドラドラから振り落とされないようにしがみつくので精いっぱいだった。

なんせ魔王のドラゴン操縦の腕前があまりにも下手すぎて、いきなり急上昇したりかと思いきや、急滑降したりと、今にも振り落とされそうなのだから。

「うあぁあああああああ！　死ぬっ！　死ぬ死ぬ死ぬーっ！　頼むから、お願いだから安全運転でっ！」

「何を言うか。余の辞書に『安全』なんて言葉はないぞ！　はーっははははははは！」

「あははははっ！　すごい楽しいっ！　あはっはははっは！」

メルと魔王だけが、テンション高く笑い合い、スリリングな空の旅を満喫しまくっている。

「――って、遊んでいる場合じゃないよ！　勇者と魔王の秘密を知ったからには、国王も黙っておかないと思うし、追っ手もかかるだろうし。国に残してきた家族や友達も心配だし……やること、いっぱいなんだから。気を引き締めないと」

「ヒイロって本当に真面目ですわね。大丈夫。私が国王なら家族は人質にして、すぐにどうこうはしませんわ。少しくらい、自由を楽しんでもバチは当たりませんわよ？　あれだけストイックに頑張ってきたんですもの。難しいことはいったん全部忘れて、パーッと自分たちだけのためにバカンスっていうのも悪くありませんわ」

「まあ、それはそうなんだけど……うう、これって職業病なのかなあ……まいったな」

相変わらず人のよさそうな笑いを浮かべて頭をかく勇者を、仲間たちが暖かい目で見守っている。

「そうだそうだ！　いっぱい遊ぼうぞ！　いいように他人に利用されていた分を、これから何倍も取り戻してやるのだからな！」

魔王が緋色の目を輝かせて、ワクワクとラーミスに同意する。

「確かに――それは言えてるかも。しかし……ホント、マティアって前向きだよね」

「ただ単に落ちこんでいる暇などないだけだ」

「なるほど」

「人生はリセットできぬなど、誰が言った!?　いつだって志一つで、リセットできる。あのときああしていれば、こうしていればなんてウジウジ悩む暇があるなら、みんなでワクワク冒険したほうがずっと楽しいではないかっ!」

「マティアが言うと、説得力あるなあ……」

　一番ショックを受けていそうな魔王が、実は一番元気で、これからの野望に胸躍らせていることにヒイロは勇気付けられる。

「それじゃ、いざ、世界の半分ハーレム化の夢目指してっ!　出発だーっ!」

　冗談めかせて、ヒイロが拳を突き上げた。

　すると、横にいたラーミスが、冷ややかな声をヒイロに浴びせかける。

「……あら、まだそんなこと言ってますの!?　ヒイロったら」

「え?　だ、だって……ラーミスたちって……ハーレム推奨派なんじゃ……」

「全然よくありませんわっ!　私たち三人が特例というだけですわ!　それに……隙あらば、一対一の恋愛に持ちこむつもりですもの!」

「えええ?」

「もう、ヒイロったら……せめてあたしたちの三人で満足するべきでしょっ!　三人だって多すぎるくらいなんだし!　いずれは一人に絞ってもらわないとってあたしは思ってるんだからね！」

「余はみんなで一緒がいいぞ！　勇者はみんなの勇者なんかじゃない！　余たち仲間だけの勇者なのだからなっ！」

死の狭間の奈落から自分を救い出してくれた魔王の言葉。それを思い出したヒイロの視界が涙で滲む。

「みんな、世界を敵に回しても……僕の仲間でいてくれて……ありがとう……」

「とりあえず、お礼ならいくらでも身体で払ってもらいますから、気にしないで」

そう言うと、ラーミスがヒイロを背後からきゅっと抱きしめた。

大きなおっぱいがむにゅりと背中に押しつけられ、ヒイロはたじろぐ。

「がううう！　ラーミス、ずるいぞ、抜け駆けは！」

「そうそう、あたしたちの勇者なんだから……」

魔王とメルが負けじとヒイロの腕をぎゅぎゅっと抱きしめてきた。

弾力あるおっぱいと、少し小ぶりな柔らかなおっぱいが腕に押しつけられ、ヒイロは前かがみになる。

三種三様のおっぱいを一度に味わうことができるなんて男冥利に尽きる。

が、地上ならまだしもここはドラゴンの背中の上——

一歩間違えれば、空高くから地上へとまっさかさま。

「い、今は駄目だってば！　死ぬ、本当に死ぬからっ！」

「何を情けないことを抜かすかっ！　男なら死ぬ気で果てろっ！」

「無茶言わないでってば！」

勇者と魔王とその仲間たちの旅は、賑やかにまだまだ続くのだった。

美少女文庫
FRANCE SHOIN

ハーレムクエスト　魔王《まおう》と賢者《けんじゃ》と戦士《せんし》とラブ冒険《ぼうけん》！

著者／みかづき紅月（みかづき・こうげつ）
挿絵／あまかわあきと
発行所／株式会社フランス書院
〒102-0072　東京都千代田区飯田橋 3- 3 -1
電話（営業）03-5226-5744
（編集）03-5226-5741
URL http://www.bishojobunko.jp

印刷／誠宏印刷
製本／宮田製本

ISBN978-4-8296-6273-1 C0193

美少女文庫
FRANCE SHOIN

◆◇◆ 好評発売中！◆◇◆

美少女文庫
FRANCE SHOIN

BISHOJO-BUNKO
遠野渚
熊虎たつみ illustration
暴君毒舌メイドを
マゾマゾにしてみた
百目鬼梨々花
このスケベ！　幼なじみ相手に、
フェラしないとトイレに行かせないぞ、なんて、
ホントどうしようもない変態なんだからッ

◆◇◆ 好評発売中！◆◇◆

原稿大募集 新戦力求ム!

フランス書院美少女文庫では、今までにない「美少女小説」を募集しております。優秀な作品については、当社より文庫として刊行いたします。

◈応募規定◈

★応募資格

※プロ、アマを問いません。
※自作未発表作品に限らせていただきます。

★原稿枚数

※400字詰原稿用紙で200枚以上。
※フロッピーのみでの応募はお断りします。
必ず**プリントアウト**してください。

★応募原稿のスタイル

※パソコン、ワープロで応募の際、原稿用紙の形式にする必要はありません。
※原稿第1ページの前に、簡単なあらすじ、タイトル、氏名、住所、年齢、職業、電話番号、あればメールアドレス等を明記した別紙を添付し、原稿と一緒に綴じること。

★応募方法

※郵送に限ります。
※尚、応募原稿は返却いたしません。

◈宛先◈

〒102-0072　東京都千代田区飯田橋3-3-1
株式会社フランス書院「美少女文庫・作品募集」係

◈問い合わせ先◈

TEL: 03-5226-5741
E-mail: edit@france.co.jp
フランス書院文庫編集部